가만히 내 얘기
좀 들어주세요

가만히 내 얘기
좀 들어주세요

초판 1쇄 인쇄 _ 2019년 10월 30일
초판 1쇄 발행 _ 2019년 11월 5일

지은이 _ 박기량

펴낸곳 _ 바이북스
펴낸이 _ 윤옥초
책임 편집 _ 김태윤
책임 디자인 _ 이민영

ISBN _ 979-11-5877-131-7 03810

등록 _ 2005. 7. 12 | 제 313-2005-000148호

서울시 영등포구 선유로49길 23 아이에스비즈타워2차 1005호
편집 02)333-0812 | **마케팅** 02)333-9918 | **팩스** 02)333-9960
이메일 postmaster@bybooks.co.kr
홈페이지 www.bybooks.co.kr

책값은 뒤표지에 있습니다.

책으로 아름다운 세상을 만듭니다. ― 바이북스

가만히 내 얘기
좀 들어주세요

고통이 삶에 안겨준 귀한 선물

———

박
기
량 지음

바이북스
ByBooks

엄마란 어떤 존재일까? 정으로 내려치며 다시 태어나야 하는 존재일까?

아이를 낳고, 천만 번이 부서졌다. 아직도 부서지지 못한 것은 내면 가득 쌓여 있다. 뱀이 허물을 벗듯, 풀어가야 하는 생의 숙제다. 한 남자를 만나 아기를 낳고, 알콩달콩 사는 꿈을 꿨다. 누군가 결혼은 미친 짓이라고 말했던가? 웨딩드레스 베일을 벗고, 세계의 문을 열고 들어간 순간, 숨이 콱 막혔다. 달콤했던 연애는 처음 만난 사람처럼 어색했다. 임신과 출산, 탄생의 기쁨은 수술에 대한 두려움으로 뒤덮였다. 그림을 그리고, 자유롭게 춤추던 여인의 삶이 변했다. 결혼은 추월차선이 아니다. 생사고락을 통해 속도를 맞춰가는 것이다. 의미를 모르고 원망과 불만으로 탑을 쌓았다. 한강을 건너 병원으로 향하는 길에 수도 없이 기도했다.

'이번이 마지막이길….'

병원 바닥에 머리를 처박고 눈물로 호수를 만들었다. 수술실로 향하는 의사의 가운을 붙잡고 기도했다. 가슴팍에 고통을 느낄 수 없을 때까지 못을 박았다. 누구를 향한 고통인가? 앞을 가로막는 틀을 깨는 시간이었다. 애벌레가 나비가 되기 위한 과정이었다. 매미가 유충이 벗고 여름을 향해 울부짖는 시간이었다. 엄마로, 엄마답게 살기 위해 껍질을 벗는 시간이었다. 씨앗을 뚫고 초록빛 의지의 싹이 나왔다. 도시의 생활을 접고, 고향 같은 숲으로 들어갔다. 새로운 여행이 시작되었다. 집으로 가는 늘어진 잎들이 색깔을 바꾸며 나팔을 분다.

'어서 와. 뿜빠라 뿜뿜뿜.'

자연의 예찬 속에 둥지를 틀어 앉아 생각한다.

'엉금엉금 아이가 기어가는 소리, 아장아장 걸음마를 하는 소리, 파다닥 뛰어가는 소리….'

아이의 성장이 파노라마처럼 스쳐 지나갔다. 철장을 뚫고 나온 아이는 자연에서 돌을 깨기 시작했다.

"왜 돌을 깨는 거야?"

"아프게 한 것을 깨고 있어요."

하루의 반나절 망치를 들고 돌을 깼다. 손가락에서 피가 나도 멈추지 않았다. 자는 아이의 손을 들어보았다. 손과 손톱은 상처 투성이였다. 상처에 연고를 발라주었다. 까칠까칠한 손등에 로션을 펴 발랐다. 손을 잡았다. 손에서 굳은살이 느껴졌다. 의지의 힘이다. 아침에 일어난 아이가 말했다.

"엄마, 고통 없는 것은 의미가 없어요."

아이는 고통의 의미를 안 것이다.

세상에 육아 잘하는 엄마들은 차고 넘친다. 나란 엄마는 아이에게 배운다. 아이와 살아온 노래를 자연에서 불러본다.

'처절하고도 감격스러운 엄마의 노래를….'

차례

5장 > 살아갈 만합니다

1장

지독한
삶

생후 6개월,
열 번의 수술

사는 게 물 없이 먹는 곰보빵처럼 퍽퍽했다.

'돈이 많거나 미래를 알면 걱정이 해소될까?'

남편을 만나 6개월 만에 결혼했다. 아버지의 불같은 성격에서 벗어나 불행 끝 행복 시작이라 생각했다. 신혼여행 가는 공항에서부터 구두에서 굽 빠진 쇳소리가 나기 시작했다. 비행기 표를 받기 위해 줄 서는 잠깐의 시간 동안 말다툼을 했다. 급기야 바퀴 달린 회색 여행 가방을 바닥에 집어던지고 공항 밖으로 걸음을 옮겼다.

'몇 시간 전, 신 앞에 무릎을 꿇고 맹세한 서약은 어디로 갔을까?'

오른쪽 왼쪽도 구별 못 하며 망상에 기울였다. 습한 곳에 마음

지독한 삶

을 두었다. 처음에는 눈에 보이지 않은 균으로 시작했다. 다음은 자궁의 문 앞까지 문을 두드렸다. 미용실을 찾았을 때 외출이라는 표지판이 붙어 있었다. 다시 찾았을 때, 손잡이에서 떨림이 느껴졌다. 알아차리지 못하고 문을 열었다.

'한 번도 하지 않은 염색을 왜 하필이면 그때 했을까?'

머리를 감을 때 세숫대야에 시커먼 물이 가득했다. 염색물은 한동안 계속 흘러나왔다. 임신 초기에는 발걸음도 조심해야 한다고 했다. 옛말이 맞았다. 염색을 했고, 볼펜 윗부분을 습관처럼 씹었다. 한 달에 한 번 오는 소식이 없자 임신 테스트기를 샀다. 화장실에 들어가서 확인하니 한 줄이 나왔다. 샤워하고 나왔을 때, 희미한 줄 하나가 더 있었다. 금방이라도 사라져 버릴 것 같은 줄이었다. 첫 아이의 임신 소식을 어떻떨한 기분으로 맞이했다. 장판 같은 한 달의 시간이 지나갔다. 친정어머니가 말했다.

"여자는 임신했을 때 남편한테 가장 사랑을 많이 받아야 해. 입덧하지 않더라도 하는 척하면서 사랑받아라."

어머니는 20살에 첫아이를 임신했다. 1980년 군인들의 발소리와 총소리에 숨죽였다. 욱하는 입덧 한 번 않고 나를 낳았다. 다만, 태를 낳지 못해 통금시간을 깨고 이불로 돌돌 말아 병원으로 갔다.

'배 속에 있을 때부터 저항했던 것일까?'

피를 토하며 입덧을 했다. 자고 일어나면 선지를 토했다. 정
육점을 지나갈 때 철통에 들어있는 선지가 보기 싫어 고개를 돌
리고 코를 막고 지나갔다. 보기도 힘든 핏덩이가 입속에서 욱하
고 튀어나왔다. 음식물을 삼키면 누런 액체와 같이 쏟아 나왔다.
의사는 먹지 못하는 임산부에게 엽산 대신 수액을 처방했다. 링
거를 맞으며 배 속 태아를 키웠다. 태어난 아기는 생후 6개월부
터 수술실에 들어갔다. 엄마는 10회가 넘는 수술 시간동안 아기
를 기다렸다.

'시간을 되돌릴 수 없을까?'

수술 부위는 회를 거듭할수록 시뻘건 전쟁터처럼 변했다. 피
딱지가 굳으면 다시 수술실로 들어갔다. 숨죽여 살았던 시대처
럼 입덧을 참았다면 아무 일 없었을까? 수술실에서 나오면 아기
입에서 마취 가스 냄새가 났다. 수술 부위를 열면 비릿한 피 냄
새가 아기의 몸에서 났다. 눈에 보이는 현실보다 미래에 대한 걱
정이 컸다. 입에 자물쇠를 달고, 돌을 들어 가슴팍을 내리쳤다.
눈물을 흘려 섬을 만들었다. 밤이 되면 남편은 3시간을 달려 병
원 침대로 왔다. 외로움 속에 반기는 오직 한사람이었다. 퇴원하
고 고립무원에 들어갔다. 초콜릿 포장을 한 것처럼 은박으로 삶

지독한 삶

을 에워쌌다.

'나는 아무렇지 않아.'

마치 구토를 막고 아침에 바른 립스틱이 지워지지 않게 사수하는 모습이었다. 누가 봐도 불편한 모습이었다. 가장 불편한 사람은 바로 자신이었다. 알맹이는 없고 껍데기만 있는 호두알이었다. 빈속을 가장했지만 그럴수록 더 외로웠다. 자신을 사랑하지 않은 엄마는 아이도 사랑할 수 없었다.

'엄마 곁에 있는 아기는 어떠했을까?'

탄생의 기쁨을 만끽해야 했다. 생후 6개월부터 시작된 첫 수술은 8시간 30분 만에 끝났다. 돌처럼 딱딱한 젖이 아기를 보자 옷 위로 흘러내렸다. 재회한 시간도 잠시, 5명의 의사가 아기를 데리고 갔다. 수술 부위에서 접착제가 붙은 붕대를 떼고 다시 감았다. 아기의 비명이 복도 끝까지 전해졌다. 생리적인 활동도 단절되었다. 많은 시간 엄마 품이 아닌, 수술실 초록색 마스크를 보고 있어야 했다.

'엄마는 그 시간을 알고 있었을까?'

자신의 괴로움에 견디지 못하고 자책했다. 살아가는 법을 몰랐다. 엄마가 되면 어떻게 생각하고, 행동해야 하는지 몰랐다. 무언가 발견하면 사막은 신기루처럼 사라졌다. 뒤에는 죄책감,

앞에는 미래의 불안이었다. 한마디로 사막을 헤매는 낙타였다.

'다른 사람들은 다 행복해 보이는데 왜 나만 이렇게 살까?'

고통을 받아들이는 법을 몰랐다.

'어디서부터 잘못된 것이지? 누구에게 책임을 전가해야 할까?'

형상 없는 대상에 탓했다. 눈 뜨지 못하고 깊은 물속에 들어갔다. 가까스로 수면 위에 올라왔을 때 공기의 소중함을 알게 되었다. 그러나 생애의 의미를 깨닫지 못한 자는 다시 수면 밑으로 내려갔다. 고통의 대상이 아이였기에 처절했다. 엄마의 길은 거울 뒷면처럼 보이지 않는다. 누구와도 같을 수 없고 오직 스스로 만들어가야 하는 것이다. 가냘픈 한숨에 민들레 꽃씨가 허공에 흩어진다. 씨는 땅에 떨어져서 뿌리를 내린다. 이것이 엄마의 서막이다.

암 선고를 받다

3년 뒤, 둘째가 태어났다. 솜털이 보송보송한 아기를 품에 안고 젖을 먹였다. 꿀떡꿀떡 젖 넘어가는 소리가 난다. 생명의 소리다. 밥을 챙겨 먹지 않아도 젖가슴은 채워졌다. 엄마가 할 수 있는 유일한 것이었다. 첫째 요한이는 18개월까지 모유로 수유했다. 둘째는 초등학교 들어가기 전까지 먹이려고 했다.

'딸을 위해 무엇을 할까?'

서점에서 공지영의 《딸에게 주는 레시피》 책을 사서 읽었다. 친구 같은 엄마가 되고 싶었다. 사람들이 말했다. 엄마는 딸이 있어야 한다고. 딸을 낳고 처음으로 생각했다.

'나는 어떤 딸일까?'

결혼하면 친정으로 달려가 이야기보따리를 풀어헤치는 딸이 아니었다. 육체와 정신이 마르고 닳았던 것일까? 얼음장처럼 냉

17

기가 서렸다.

  잠 못 자는 날이 반복되었다. 붉은 핏방울이 아기 얼굴에 톡톡 떨어졌다. 다음날은 귀에서 소리가 났다. 의사는 약물치료를 권했다. 모유 수유를 한다고 약 처방을 받지 않았다. 다음은 심장 소리가 귀에 들렸다. 숟가락 하나 들기 힘든 몸으로 택시를 타고 병원에 갔다. 검사 결과 암이었다. 서른네 살 암 환자로 등록되었다. 닭살이 바늘처럼 돋았다. 아이를 품에 안고 있었지만, 몸은 바닥으로 치달았다. 푸른 하늘이 시리도록 허망했다. 가장 괴로웠던 것은 젖을 먹일 수 없는 것이었다. 의사를 붙들고 말했다.

  "젖먹이 아기가 있어요. 나중에 수술하면 안 되나요?"

  수유 시간을 연장하고 싶었지만, 15개월 아기의 젖을 떼고 수술대에 올랐다. 막상 수술대에 올랐을 때, 감사 기도가 나왔다.

  '아이가 아니라, 저라서 감사합니다.'

  꿈을 꾸었다. 아픈 곳 하나 없이 가벼웠다. 순백의 꽃향기 가득한 곳에서 누군가 손을 내밀었다.

  '누구지? 어떻게 이렇게 잘해 줄까?'

  따라가려는 순간, 구름 밑에 두 아이의 얼굴이 보였다. 마취가 깨자 뱃멀미가 났다. 먹은 것도 없는데 구토가 났다. 어지럼증이었다. 감각은 바로 살아있다는 증거다.

지독한 삶

둥지에 남겨진 아이는 현관에서 엄마 아빠를 기다리며 하루하루를 보냈다. 눈물을 훔치며 잠든 아이는 바람 소리에 일어났다. 엄마가 곁에 없다는 것을 확인하고 다시 울었다. 아이의 모습을 보며 시어머니도 눈물을 참지 못했다. 하루는 아이가 치킨이 먹고 싶다고 했다. 전화 한 통이면 배달되는 치킨을 사주지 못해 시어머니는 쩔쩔맸다. 주위에 도와줄 사람이 없었다. 삶은 나를 어정쩡한 위치에 두지 않았다. 냉혹하고, 위태로운 절벽 위에 두었다. 고난의 꿀을 받아 삼켰다.

'인생에 중요한 것은 무엇일까?'

젊은 시절, 과정보다 결과를 중요하게 생각했다. 지금은 걸음마를 배우는 아이처럼 과정에 의미를 둔다. 요한이는 16개월 만에 걸었다. 주변에서 성장이 늦는다고 걱정했다. 귀가 얇아 실날같은 소리에도 흔들렸다. 하루는 친정어머니가 한숨을 푹 쉬며 들어왔다.

"7층에 사는 할머니가 다른 아이는 걷는데 왜 저 아이는 걷지 못하냐고 문제 있는 거 아니냐고 말해서 속상해 죽는 줄 알았다."

어머니 말만 듣고 승강기를 타고 내려가 초인종을 눌렀다. 할머니가 나왔다. 티끌 하나 없이 밝은 표정이었다.

"애들마다 성장 속도가 다르니 그럴 수도 있지 왜 그러세요?"

그녀의 말이 맞았다. 민감하게 반응한 것은 나였다. 아이는 15개월부터 섰고, 16개월부터 걷기 시작했다. 아이는 걷기 위해 수없이 넘어졌다.

'넘어지는 것을 두려워했다면 걸을 수 있었을까?'

아이가 성장하는 것을 지켜보며 엄마도 성장했다. 암은 전부가 아니라 일부였다. 남편은 암 병동 6인실 보호자 침대에서 새우잠을 잤다. 몸을 움직이면 침대에서 삐걱 소리가 났다. 남편은 잠을 자다 말고 일어나 말했다.

"어디 불편해? 뭐 도와줄까?"

순간, 시간은 거꾸로 흘러 10살 소녀가 되었다. 서점에 많은 책이 꽂혀 있었다. 시선을 잡아당긴 책은 톨스토이 《사람은 무엇으로 사는가》였다.

'엄마, 아빠도 사람이고, 나도 사람이다. 서점에 있는 사람도 사람이고, 창문 밖에 있는 사람도 사람인데? 도대체 이들은 무엇 때문에 살아가는 것일까?'

1＋1＝2처럼 정답을 알고 싶어 책을 사서 읽었다. 책을 덮을 때, 사랑이라는 두 글자가 가슴에 새겨졌다.

'대체 사랑은 무엇일까? 과연 나는 사랑을 알 수 있을까?'

소녀는 34살이 되었다. 복숭앗빛 볼은 푸르고 누렇게 변했다.

　　　　　　　　　　　　　　　　　　　　　　지독한 삶

남편은 물수건으로 얼굴을 닦았다. 식판을 두고 말했다.

"입맛 없어도 먹어. 그래야 기운을 내지."

음식은 불을 달궈놓은 것처럼 목구멍으로 넘어갔지만 살기 위
해 받아들였다.

해도 해도
너무한다

수술 후 가만히 누워 있어도 100m 달리기를 한 것처럼 심장이 두근거렸다. 약 부작용이었다. 흔치 않은 일이라며 의사 선생님은 고개를 갸웃거렸다.

"방법이 없으면 돌아가면 돼. 그것도 괜찮아."

맞다. 인생은 보이지 않는 길이다. 고속도로처럼 빠르게 달릴 수도 있고, 울퉁불퉁한 시골길을 갈 수 있다. 한 가지 해결하고 나오면 다른 기다림이 줄을 서고 있었다. 교통사고와 자궁출혈, 이명과 난청, 메니에르병, 감자 줄기처럼 줄줄 달려 나왔다. 하루도 멀쩡한 날이 없었다. 아픔은 타인에 대한 원망이 되어 불꽃을 뿜어냈다. 달라진 것은 아무것도 없었다. 바람은 오직 하나였다. 엄마답게 살고 싶었다. 품에 안긴 아이는 어떻게 키워야 할까?

빨강, 노란 옷을 입고 다니는 엄마들처럼 살고 싶었다. 현실은 손끝 하나 움직이기 힘들었다. 화장실에 곰팡이는 스멀스멀 올라왔다. 요한이는 아무렇지 않게 변기에 손을 집어넣고 물놀이를 했다. 아이에게 설명할 겨를 없이 소리쳤다. 소리만 질렀을까? 등도 때렸다. 때론, 현관문 밖으로 쫓아냈다. 죄책감은 하늘을 찌를 정도로 높아 갔다. 감정은 세탁기 속 빨래처럼 뒤엉켜 돌아갔다.

'나만 정신 차리면 되는데…'

육아 책을 읽었다. 방황하는 엄마가 할 수 있는 유일무이한 것이었다. 읽은 것을 실천하지 못하고 쉽게 잊었다. 손바닥 뒤집듯이 반성도 잘하고 화도 잘 냈다. 감정날씨가 변화무쌍했다. 신께 기도했다.

'두 아이를 제대로 품을 수 있는 엄마가 되게 하소서.'

르누아르 〈젖먹이는 여인〉처럼 어루만지고 싶었다. 간절히 원했다. 퇴원하고 돌아왔을 때, 아이는 엄마 곁으로 오지 않았다. 일그러진 표정 때문이었을까? 시어머니는 괜찮다고 아무 걱정 말고 누워 있으라고 했다. 곰팡이를 지우고, 감잣국을 끓였다.

"애야, 먹어야 기운을 차릴 수 있다. 입맛이 안 당기면 뭐 해줄까? 뭐 먹고 싶냐?"

시댁에서 아파트까지 오는 동안 마을버스를 타고 역까지 나와야 한다. 전철 타고 택시에서 내려 도착하면 2시간이 걸린다.

"어머님, 어떻게 오셨어요?"

"죽다 살아온 내 며느리, 누워 있어도 생각나서 첫차 타고 왔다."

어머니는 소리치지 않고 아이를 봤다. 아이가 거친 행동을 하면 이렇게 말했다.

"애야, 이렇게 하면 다칠 것 같구나. 할미는 요한이가 다치는 것이 싫다. 조금 조심해 줄 수 있겠니?"

30평대 아파트의 공간에서 가장 힘든 건 나라고 생각했다. 시간이 흐른 뒤 알게 되었다. 고통을 지켜보는 사람이 힘들다는 것을 타인의 아픔을 통해 알게 되었다. 그중에서 요한이가 가장 힘들었다. 4살, 남자아이는 솟구치는 감정을 몸으로 표현했다. 감정을 받아주지 않고 내버려뒀다. 감정이 폭발하면 쓰레기통에 꾹꾹 눌러 담았다. 어린이집을 거부한 아이를 미술학원에 보냈다. 미술학원 차에 내리자마자 주먹으로 배를 때렸다.

"엄마, 미워."

아스팔트 바닥에 누워 울음을 토했다. 남들이 볼까 무서워 목덜미를 잡고 들어왔다. 집 밖을 나가지 않았다. 문을 닫고 있으

지독한 삶

면 세상 사람들은 모르니까 괜찮았다. 하지만, 엄마랑 아이는 알았다. 괜찮지 않다는 것을. 집안에서 벌어지는 감정의 덩어리를 어떻게 해야 할까? 비밀의 열쇠는 수평선 너머가 아닌, 엄마 마음에 있었다. 엄마는 할 수 있었다. 아픈 엄마도 엄마였다. 의지를 갖고 걸어가면 된다.

걷다가 지치면 잠시 쉬었다 가면 된다. 누구도 돌을 던지지 않는다. 가슴팍에 돌을 찍어 내리는 것은 바로 자신이다. 쥐고 있던 돌을 내려놓으면 된다. 엄마의 이름은 절대 가볍지 않다. 옛날의 어머니도 그랬고 지금의 어머니도 그렇다. 엄마의 인고는 열매가 된다.

고등학교 2학년 교실 문을 열고 들어온 선생님이 소리쳤다.

"행동이 반복되면 습관이 되고, 습관이 오래되면 본성이 된다. 어깨 펴 명찰 달아!"

어물전 꼴뚜기처럼 늘어진 아이들이 하품하면서 일어났다. 콩나물처럼 허리를 펴고 교과서를 폈다. 선생님은 날짜의 끝 번호를 불렀다. 번호가 불리면 앞으로 나가 영어책을 읽어야 했다. 다음은 내 차례였다. 엉터리 발음으로 대충 읽고 자리로 향할 때 이렇게 생각했다.

'난 역시 안 돼.'

포기하려는 찰나 선생님이 등 뒤에 이렇게 말했다.

"잘했다. 기량아."

선생님은 왜 칭찬했을까? 용기였다.

'못해요.'

말하지 않고, 앞으로 걸어 나온 용기에 칭찬했다. 바닥이었던 엄마도 용기가 필요했다. 누워서 아이와 책을 읽었다. 글 밥이 적은 책부터 읽었다. 한번 읽기 시작하면 책장이 술술 넘어갔다. 백자는 3,000도가 넘는 고온에서 탄생한다. 열을 견딘 도자기만 백자가 된다. 꽃이 피고 열매는 맺는 과정은 자연만 있는 게 아니다. 우리의 삶도 이와 같다. 꿋꿋하게 살아가는 데 의미가 있다.

지독한 삶

눈앞이
깜깜했던 시간

병원 침대에 누워 O. 헨리 《마지막 잎새》의 주인공이 되었다. 마치 생을 떨어지는 낙엽처럼 생각했다. 눈이 내리기 시작했다. 순식간에 회색빛 세상이 하얀 백설기처럼 뒤덮였다. 하늘 위로 새가 날아올랐다.

'나도 새처럼 날고 싶다.'

여자로 태어나 아름답게 살고 싶었다. 꿈을 공책에 적기 시작했다. 환자복을 벗고 병원 문을 열고 나간 순간, 생은 타인의 것이 아닌, 바로 나의 것이 되었다. 처음 발레복을 입고, 전신 거울 앞에서 자신과 마주 섰다. 발레를 잘하겠다는 생각보다, 현재의 시간을 즐겼다. 쓰러지기도 했다. 그러나 다시 일어났다. 자신과 만남은 그렇게 시작되었다. 그림을 그려 인사동에 전시했다.

"우와 엄마가 그린 그림이 여기 있어요."

아이들은 그림 앞에서 멈춰서 바라봤다. 황금빛 화병에 다양한 색상의 꽃이 꽂혀 있었다. 제목은 〈감사〉였다. 세상에 다시 태어난 마음을 담아 그린 작품이다. 다음으로 아버지가 여행을 떠나면서 티켓을 주고 가셨다.

"성당에서 행사가 있더라. 1등이 성지순례야. 생각 있으면 가 봐라."

비 오는 날, 우산도 쓰지 않고, 맨 앞에서 번호가 불리길 기다렸다. 6자리가 넘는 숫자가 손에 쥐고 있는 티켓 숫자와 맞았다. 성지순례 1등 당첨이 되었다. 처음으로 가족 여행을 준비했다. 암 환자 엄마가 40도가 넘는 곳을 패키지도 아닌, 자유여행을 떠난다고 했을 때, 많은 사람이 말렸다.

'지금 아니면 언제?'

4살, 7살 아이와 이탈리아 여행을 떠났다. 이탈리아 돌로미티 파소셀라부터 로마까지 자동차로 달리고 걸었다. 눈앞이 깜깜했을 때 자신에게 집중했다. 물론 아픔과 시련은 늘 존재했다. 그러나, 그것 또한 살아 있기에 가능했다.

아이를 위해 시골에 집을 짓기 시작했다.

'집을 지으면 10년 늙는다.'

지독한 삶

집 짓기는 쉽지 않았다. 그렇다고 포기할 수 없었다. 가을에 시작할 공사는 겨울에 시작되었다. 2월 말 완공될 집은 새싹이 돋아 푸르게 변할 때까지 진전되지 않았다. 아이는 입학이 아닌, 전학을 가야 했다. 둘째는 이사를 앞두고 있어 어린이집에서 받아 주지 않았다.

'피할 수 없다면 즐겨라.'

잔다르크는 칼을 들었지만, 나는 한쪽 팔에 아이를 안고, 다른 한 손으로 펜을 들었다. 사면초가일 때, 글쓰기를 시작했다.

인근 주민은 각서를 내밀며 협박했다.

"내 땅에 옹벽공사 해라. 안 그러면 상수도 공사를 못 하게 하겠다."

각서의 조항을 따져 문자로 보냈다. 더는 전화를 하지 않았다. 대신 서울에 있는 로펌에서 전화가 왔다. 그가 해달라는 대로 해 주라고 했다. 정당함 앞에 누구도 건들 수 없었다. 그는 슬그머니 꼬리를 감췄다.

'상수도 공사를 못 하는 상황에 어떻게 했을까?'

5월의 바람이 속삭였다.

'집을 청소해봐.'

70m 호수 두 개를 연결해서 청소했다. 이틀 동안 집을 청소하

고, 남편한테 말했다.

"여보, 우리 이사 오자."

"상수도도 연결 안 되었는데 어떻게 이사 와?"

"당분간 지금처럼 살면 되지."

"그래? 그럼 그렇게 하자."

많은 비가 내릴 것이라고 했다. 그래도 이삿짐을 쌌다. 마지막 짐을 넣은 순간, 주먹만 한 빗방울이 후드득 떨어졌다. 자연에서 단잠을 잤다. 다음날 일어났을 때, 오래 살았던 집처럼 포근했다. 산과 산이 겹겹히 둘러싸인 곳에 금도끼, 은도끼를 든 산신령이 나타날 것 같았다. 자연은 가족을 포근하게 감싸주었다.

'아무것도 할 수 없었다고, 침대에만 누워 있었다면, 가능했을까?'

발레하고 그림을 그리겠다고 했을 때, 안 된다고 했다. 이탈리아 여행을 떠나고, 집을 짓겠다고 했을 때, 도시락을 싸 들고 말리겠다는 사람도 있었다. 세상은 봄바람처럼 고요하고 달콤하기만 할까? 순풍만 있는 것이 아니다. 때론 태풍처럼 휘몰아치기도 한다. 집 뒤에 산이 있다. 태풍이 불어 나무가 뽑히고, 산야가 흔들렸다. 어머니는 산사태를 걱정하며 시간마다 전화했다.

"문 단속 잘하고, 아이들과 밖에 나가지 말아라."

지독한 삶

새벽부터 일어나, 남편과 손을 잡고 태풍 속을 걸었다. 빗줄기 하나가 2L 생수병을 쏟아내듯이 쏟아졌다. 걸치고 있던 빨간색 체크무늬 남방을 벗어 버리고, 빗속을 점프하며 뛰었다. 집으로 향하는 길, 민소매 한 장을 입고 태풍 속을 춤추듯 걸었다.

"여보, 마른 날보다 비 오는 날 걷는 게 더 좋아."

"머리에 꽃만 달지 마."

"다음에는 꽃도 달아야겠다."

눈앞에 닥친 시련, 집중할 수 있었다. 나는 믿었다. 보이지 않는 자신의 능력을. 스스로 빛내기 시작했다. 살아 있는 동안 할 수 있는 일은 무수히 많다. 어쩌면 생은 보물찾기가 아닐까?

연잎의
물방울처럼

20대 화실 문을 열고 들어갔다. 화가 선생님은 나를 보더니 데생 연필이 아닌, 유화 붓을 잡으라고 했다. 연필보다 거친 유화 붓이 맞았다. 선생님은 사진첩을 보여 주며 말했다.

"그리고 싶은 것을 골라봐."

"배우지도 않았는데 어떻게 그려요?"

"그건 걱정하지 말고, 마음에 드는 사진을 골라봐."

연꽃 사진을 집어 들었다. 분홍색이라면 고르지 않았을 것이다. 창백하다 못해 눈부신 백색 봉오리였다.

"앉아서 그려."

스케치하고 물감을 붓에 찍어 발랐다. 진흙은 검은색과 브라운을 섞어 색칠했다. 연잎은 연두색과 초록색, 약간은 노란색을 섞었다. 순백의 꽃봉오리는 흰색으로 칠했다.

'흰색을 더 밝게 빛나게 하려면 어떻게 해야 할까?'

선생님이 생각을 읽은 듯 말했다.

"흰색을 더 밝게 하려면 명암이 있어야 해."

흰색으로 떡칠해 놓은 꽃에 회색빛을 넣었다. 순백 연꽃의 탄생이었다. 첫 작품이지만 완벽했다. 끌어안고 자고 싶을 만큼 좋아했다. 자기 전에 보고, 일어나서 봤다. 어머니는 그림 그리는 딸을 싫어했다.

"유화 물감 냄새는 건강에 좋지 않아!"

물감 냄새뿐만 아니라, 세척액, 테라핀 등은 건강에 좋지 않다. 장시간 유해환경에 노출된 딸을 가만 보고 있지 않았다. 그림을 장작의 불쏘시개로 태워 버렸다.

"엄마, 그림 어디 있어?"

"농장 넝쿨과 함께 태워 버렸다. 활활 잘 타더라."

순간, 애착 인형을 빼앗긴 어린아이가 되었다. 그림은 연기처럼 사라졌다. 부모님은 길거리에서 파는 그림을 사 왔다. 밤하늘 노란 달빛이 호수를 비추는 그림이었다. 숲속에서 유령과 박쥐들이 나올 것처럼 을씨년스러웠다. 어머니 뱃속에서 태어났다. 탯줄이 잘린 순간 분리되었다. 어머니는 인정하지 못하고 붙잡아 두려 했다.

'자식 이기는 부모 없다.'

말처럼 그림을 그려 전시회에 부모님을 초대했다. 그림을 보고 말했다.

"네 그림은 십 원짜리 그림이다."

짓이길수록 저항했다. 카페에서 시간을 보내는 것보다, 그림 그리며 시간을 보냈다. 그리고 엄마가 되었다. 아기는 보채지 않았다. 친정어머니는 너무 안 운다며 발을 세게 꼬집었다. 아기는 '응애' 한번 하고 방긋방긋 웃었다. 배냇머리를 깎을 때도 기계소리를 따라가며 동자승처럼 웃었다. 해맑은 아기는 수술대에 올랐다. 아기는 수술시간 말고는 엄마 품에서 떨어진 적이 없었다. 수술 후 작은 움직임에도 촉각을 곤두세워야 했다. 단 하나의 실수도 용납되지 않은 전장 같은 상황이었다. 걷기 시작하며 아이는 말했다. 단어가 아닌 문장이었다.

"혹시 비버 못 봤어요. 비버?"

아이의 성장을 보며 투명한 물방울처럼 존중하려고 했다. 하지만 입에서 나온 말은 달랐다.

"조심해, 하지 마!"

부정적인 언어로 말했다. 통하지 않으면 윽박질렀고, 분노의

빗줄기를 쏟아부었다.

의사를 존중하는 것을 배우지 않았다. 유화 그림을 불태워버린 어머니처럼 행동했다. 자식을 이기려는 부모가 되려고 했다. 둘째를 어린이집 보내고 부모교육이라는 말을 들었다. 무식한 엄마는 이런 생각을 했다.

'아이를 교육해야지 왜? 부모를 교육하지?'

부모교육은 졸업장보다 더 중요했다. 부모님은 부모교육을 받았을까? 아니다. 그 윗세대도 받지 않았다. 다만, 그때는 확대가족으로 공동 육아를 했다. 그들에게는 지혜가 있었다. 오줌싸개는 소금을 얻으러 다니면서 어른들에게 한마디씩 들으면서 자랐다. 지금은 아파트 칸에 들어가 이야기조차 나눌 시간이 없다. 설령 오줌 쌌다고 초인종을 누르면 이상하게 생각할 것이다. 병원 생활하면서 배울 기회가 없었다. 강의를 찾아다닐 수 있었지만, 찾아다닐 여력이 없었다. 다만, 시어머니라는 조력자가 있었다.

조직검사 후 출혈이 멈추지 않았다. 의사는 몸이 모래알 같아 조금만 건드려도 부서져 버린다고 했다. 매우 희귀한 케이스라고 했다. 새벽에도 지혈이 안 되면 응급실에 가야 했다. 자는 아이를 두고 갈 수 없었다. 그때마다 시어머니가 달려왔다. 보풀이 일어난 솜바지가 깃발처럼 펄럭거렸다. 시어머니는 주변을 정리하고 연잎의 물방울처럼 갔다. 부모교육을 받지 않은 엄마는 시어머니로부터 헌신적인 사랑을 배웠다.

사건, 사고, 질병은 언제나 어디서나 일어날 수 있다.

'자신의 잘못이 아니다.'

이 말을 이해하기까지 오랜 시간이 걸렸다. 두 아이를 품에 안고 천 개의 계단을 무릎으로 찍어 오르며 배웠다. 부모는 연잎이 되고, 아이는 투명한 물방울이 되어야 한다.

지독한 삶

그대 그리고 나

일곱 개의 산봉우리가 보이는 거실에 앉아 아이가 그림을 그리며 노래를 부른다.

"그대 그리고 나"

"안나야, 무슨 노래야?"

"아빠가 좋아하는 노래요."

맞다. 남편이 옷을 갈아입고 일하면서 부르는 노래다. 남편과 6개월 만에 결혼했다.

'상견례를 하고 결혼식까지 남은 두 달을 어떻게 기다릴까?'

시간이 빨리 가길 바랐다. 연애는 편하지만, 결혼은 어색했다.

'결혼은 허공에 매달린 줄타기일까?'

양쪽 끝에 선 사람이 줄 위를 걷는다. 진동은 상대에게 전해진다. 결혼이란 잘못을 따지기보다 세파로부터 중심을 잡아야 한다.

자연의 집에서 남편은 새벽부터 일한다. 하루는 하우스에서 드릴을 박다가 손가락을 다쳤다. 아이와 거실에 있는데 남편이 손가락을 붙잡고 들어왔다. 붉은 선혈이 바닥에 뚝뚝 떨어졌다.

"아무래도 병원에 가야겠어. 뼈를 다친 것 같아."

"어떻게 해? 같이 갈까?"

"혼자 갔다 올게. 애들하고 집에 있어."

"운전할 수 있겠어?"

"응."

비가 내린 후 잔디밭에 잡초가 올라오는 것처럼 사건 사고가 잦았다.

'왜 아픔의 그림자는 끊임없이 따라 다닐까? 궁합이 맞지 않은 것일까? 삼재 때문일까? 오늘의 운세가 나빠서 그런 것일까?'

보이지 않는 다른 곳에 마음을 돌렸다. 중요한 건 자신의 삶이다. 무성한 숲에 나뭇잎이 흔들리는 건 바람이 불기 때문이다. 지구는 숨을 쉬며 움직인다. 현상을 이해하지 못하면 헛것의 마음을 빼앗긴다.

아파트에 살 때, 한 여성이 초인종을 눌렀다.

"보살님 보시 좀 하세요."

지독한 삶

쌀 항아리에서 주걱으로 쌀을 퍼서 봉지에 넣어 건넸다. 여자는 다음날에도 왔다.

"얼굴에 근심이 있는 것 같습니다. 제가 가서 정성껏 제를 올릴 테니 만 원짜리 몇 장 있으면 주세요."

자신이 기도하면 앞으로 잘 풀릴 거라고 했다.

'내 삶의 문제를 그녀가 기도해주면 다 잘 될까?'

한때는 고통을 외면하고 싶다. 부적을 써서 피한다면 쓰고 싶었다. 무엇보다 고통을 인정하고 싶지 않았다. 겹겹이 쌓인 문제는 피하는 것이 아니라 풀어야 하는 숙제였다.

마당에 나간 아이가 놀란 토끼 눈으로 말했다.

"엄마, 아빠 많이 다쳤나 봐요. 밭에서 주차장까지 핏자국이 뚝뚝 떨어져 있어요."

남편은 대학병원 응급실로 달려갔다. 주사를 맞고, 엑스레이 찍었다. 다행히 뼈에 이상이 없었다. 살을 꿰매고 돌아왔다. 손가락에 감겨 있는 붕대만 봐도 명치 끝이 저렸다.

"고생했어. 누워서 좀 쉬어."

"괜찮아, 걱정하지 마."

인건비 아낀다고 하우스 자재를 사서 스스로 지었다. 누워 있는 게 더 힘들다고 하고 밖으로 나갔다. 안 다친 손가락으로 전선 작업을 마무리하고 하우스 안을 가지런히 치웠다. 텃밭에 잡초를 뽑고 농작물에 물을 주는데 머리끝에서 발끝까지 구슬땀이 뚝뚝 떨어졌다. 안 다친 나보다 더 많이 일했다. 남편에게 물었다.

"어떻게 그렇게 일할 수 있어?"

"여보, 나는 땀 흘리면서 일하는 게 좋아. 일하고 나니 시원하다."

남편이 캐온 햇감자를 쪘다. 포슬포슬 하얀 감자를 먹으며 지나가는 소리로 말했다.

"여보, 감자전 해 먹어도 맛있겠다."

"그럼, 지금 감자전 해줄게."

엉덩이는 스프링이 달린 것처럼 벌떡 일어났다. 비닐을 감고, 감자껍질을 벗겨 감자전을 부쳤다. 주방에 콧노래가 울려 퍼졌다.

"여보, 아무래도 자기보다 내가 주방 일을 더 잘하는 것 같아. 그치?"

"자기는 아프지도 않아?"

"아까는 아팠는데, 지금은 괜찮아."

"몸이 강철이야?"

"어렸을 때부터 부모님 농사 도와드리면서 다친 상처만 해도 셀 수 없이 많아. 그런데 멀쩡하잖아. 아무렇지 않아. 애들하고

지독한 삶

자기만 안 아프면 나는 아무 걱정 없어. 그러니까 잘 먹고 아프지 마. 어서 감자전 하나 더 먹어."

접시 위에 노릇노릇하게 부친 감자전을 올려놓는다. 남편을 만난 지 10년의 세월이 흘렀다. 그동안 명암이 엇갈리는 일이 많았다.

'고통 없는 흰색만 고집했다면 여기까지 올 수 있었을까?'

칠흑 같은 시간도 함께했다. 인생이란 굴러가는 수레바퀴다. 흑백을 나눌 수 없다. 결혼 전, 이상형을 종이 위에 썼다.

'존경하는 남자를 만나고 싶다.'

존경하는 남자는 나타나지 않았다. 그런 남자는 처음부터 존재하지 않았다. 한 남자를 만나 결혼했다. 굽이치는 물결 속에서 알게 되었다. 지금 앞에 있는 사람을 눈부시게 존경한다.

2장

어떻게든
키워야 해

애착 육아?
처절하게 실패하다

결혼 전 학원 문을 열고 들어가면 하나의 푸른 초원이었다. 늦은 밤까지 이어지는 강의도 지치지 않았다. 퇴근하고 집으로 돌아가는 밤공기마저 달콤했다. 시험을 본 아이가 가슴에 시험지를 붙들고 뛰어왔다.

'배 아파 낳지 않은 아이도 이렇게 예쁜데, 아이를 낳으면?'

누구보다 육아를 잘할 자신이 있었다. 임신과 출산, 육아를 오징어 땅콩 집어 먹듯 쉽게 생각했다. 자기만 믿으면 된다던 의사는 3주를 앞당겨 제왕절개하고 다른 지역으로 떠났다. 쓰레기봉투에 기저귀를 담아 버리는 평범한 엄마처럼 살고 싶었다. 퇴원하고 집에 왔을 때, 비수가 땀구멍 숫자만큼 박혀 있었다.

'아이에게 마음이 전달되는 것일까?'

하얀 도화지에 시커먼 크레파스로 색칠했다.

'학생을 가르쳤다면 어땠을까?'

"애야, 왜 검은색으로 색을 칠했니?"

하면서 생각을 들어줬을 것이다. 그러나, 엄마는 아이의 생각을 인정하지 않고 소리치며 말했다.

"왜 그림을 검은색으로 그려! 다른 색으로 다양하게 그리란 말이야."

한마디로 아이를 존중하지 않았다. 선생님일 때와 너무 다른 모습이었다. 산책할 때 숲을 바라보면 나무 한 그루를 보는 것이 아니라 전체를 보게 된다. 숲을 이루는 한 그루 나무를 가까이했을 때 어떤 사랑을 해야 할지 몰랐다. 이름표만 엄마였다.

7살이 되어도 이불에 지도를 그리는 아이를 데리고 병원에 갔다. 의사 선생님은 약을 처방해주었다. 엄마는 기자처럼 메모장을 들고 질문 했다.

"선생님, 제가 신경 써야 할 것이 뭐가 있을까요?"

"약을 먹으면서 오후 5시부터 수분을 제한해 주세요."

그 다음 심장을 찌르는 눈으로 말했다.

"약보다 중요한 것은 아이의 심리상태예요. 마음을 편하게 해 주세요."

아이 머리를 쓰다듬었다. 순간, 의사 선생님 손길에 시선이 멈췄다. 손에서 갓 지은 밥처럼 김이 났다.

'나는 언제 아이를 어루만져 주었던가?'

어린 시절 어머니는 유복하지 않았다. 겨울에도 구멍 난 양말 없이 살았다. 결혼하고 내복에 난 무릎 구멍을 기워 입었다. 다만, 딸은 레이스가 달린 블라우스와 리본이 달린 바지, 오색 빛깔의 머리핀으로 인형처럼 장식해 놓았다. 간식도 직접 만든 타래과를 만들어 먹였다. 밭에서 일하고 장작불을 피우고 방바닥을 닦았다. 어머니 허리 위를 말처럼 올라탔다. 두 아이를 태우고 방바닥을 닦았다. 결코 화를 내지 않다. 그러나 나는 손을 들어 붉은 손자국을 냈다.

주방은 곰팡이를 제조하듯 냄비마다 푸른곰팡이가 꽃을 피웠다. 엄마의 자격증을 심사하는 심사위원이 본다면 불합격 도장과 함께 범칙금을 내게 했을 것이다. 나는 그런 엄마였다. 풀피리처럼 연약한 아이에게 고함을 지르고 손찌검을 하고 제대로 된 음식을 만들어 주지 않았다.

암 수술한 뒤 둘째를 안고, 오징어 걸음으로 골다공증 검사를 받으러 보건소에 갔다. 번호표를 뽑고 대기하고 있을 때 전화벨이 울렸다.

"아이가 뛰다가 발이 걸려 변기통에 입술을 부딪쳐서 치과 가서 치료받고 왔어요. 앞니가 2개 부러지고, 입술과 잇몸을 이어 주는 곳이 찢어졌어요. 코피는 많이 났지만, 지금은 멈췄고, 이제 괜찮아요. 어머님도 아시죠? 아이가 많이 산만하다는 것을요. 지금 데리러 오실래요? 아니면 하원 차량으로 보낼까요?"

"지금 병원에 왔어요."

"그럼, 하원 차량으로 보낼게요."

'진짜 엄마라면 어떻게 했을까?'

판단력 없는 무뇌충 엄마는 아기를 내려놓고 검사실에 들어가 검사를 받았다. 골다공증약을 처방받고 나왔다.

'아이가 아픈데도 자신의 몸뚱이가 먼저였을까?'

어떻게 집에 들어갔는지 기억도 안 난다. 하원 차량에서 내린 아이의 얼굴을 보고 꺼이꺼이 울었다. 아이의 코에는 피딱지와 작은 입술은 소시지처럼 부어 있었다. 앞니는 없고, 입술과 잇몸을 잇는 살점은 떨어져 나가 너덜너덜 따로 놀고 있었다.

'아이는 얼마나 겁에 질려 있었을까?'

자기의 잘못 때문에 우는 줄 알고, 아이의 얼굴색은 하얗게 질려 있었다.

'나는 왜 이리 못난 어미일까?'

땅바닥에 머리를 처박고 싶었다. 다음날 유치원에 전화했다.

"오늘 집에서 쉴게요."

아이를 병원에 데려갔던 원감이 말했다.

"그러세요."

아이의 안부나 걱정 따윈 없었다.

'왜 저항하지 않았을까? 그들이 강자라고 생각해서 그랬을까? 나는 비겁한 엄마인가? 냉정하게 끊는 전화에 대고 한마디 말을 못 했을까? 왜 참아야 한다고 생각했을까?'

남편이 유치원에 전화했다.

"어떻게 아이가 다쳤는데 괜찮냐는 말 한마디 안 하실 수 있죠?"

"한 줄 알았는데요?"

유치원을 그만두면 됐다. 그러나 유치원을 그만두지 않고 아이를 졸업시켰다. 얼마 전 유치원 비리 명단을 확인했을 때 원장과 원감을 포함한 4명의 비리자가 나온 유치원이다. 기사를 보고 함께 유치원을 보낸 엄마와 대화를 나누게 되었다. 그녀는 분별력 있었던 것일까? 1년 다니고 유치원을 옮겼다.

"왜 그때 유치원을 옮기지 않았는지 몰라요."

"요한이 엄마, 그것 몰라? 아이 때문에 참은 거잖아. 요한이

가 좋다고 해서, 요한이만 좋다고 하면 괜찮다고 안 옮기고 참
은 거잖아. 누가 그런 일 당하고 유치원 보낼 엄마가 어디 있겠
어. 그런데 참은 거잖아. 해 바뀌고 다들 유치원 갈아탔는데 그
때도 안 바꾸고 다녀서 신기했어. 이제 비리까지 터지고 엄마들
거기 안 보내."

순간, 얼음이 되었다.

'나도 아이를 위해 참은 것이 있었구나.'

날마다 펄럭이는 깃발처럼 나부꼈다. 엄마로 살면서 참은 것이
있었다. 다만, 왜 부정부패에 물든 유치원을 참으며 보냈을까?
정답은 하나다. 아이에게 친구가 생겼다. 우정을 엄마의 감정 때
문에 떼어 놓기 싫었다. 그렇게 풍선처럼 고름이 부픈 유치원을
3년 보내고 졸업했다.

사랑이 없는 엄마

어머니가 음식을 해오면 스님께 갖다드린다. 그럼 빈 그릇을 돌려주기가 민망하다고 소담스럽게 과일을 담아 주신다. 초록 나뭇잎이 옷을 갈아입을 때 이렇게 말씀하셨다.

"어머니께서 딸을 굉장히 귀하게 생각하시나 봐요. 이렇게 자주 음식을 갖다 주시는 것 보면요."

"저는 한 번도 그런 생각하지 않았어요. 부모님 마음을 전혀 모르는 것 같아요."

"네, 그럴 수 있어요. 왜냐하면, 마음이란 눈에 보이는 것이 아니기 때문이에요. 사람의 마음을 안다는 것은 참 어려운 일이에요."

가을 햇살을 받으며 산에서 내려올 때 가슴에 통증을 느꼈다.

'왜 지난 과거에 얽매여 마음을 알아보려 하지 않았을까?'

어떻게든 키워야 해

풀씨 하나가 마음의 밭을 엉망으로 만들어놨다. 마음이 어지러울 때 잔디밭에 가서 잡초를 뽑는다. 두 손으로도 안 뽑히는 풀이 있다. 바람을 타고 온 풀씨 하나가 잔디보다 더 깊이 뿌리를 내렸다. 마음에도 뿌리 깊은 잡초 하나가 있었다.

초등학교 때 일이다. 부모님은 시골과 도시의 중간에 있는 할머니 댁에 맡기고 이사 갔다. 전학 가고 가족 없이 지내게 된 아이는 책상에 엎드려 학교 종이 끝날 때까지 울었다. 한 달 동안 말없이 지켜보던 선생님이 전화했던 것일까? 빨간 책가방에 짐을 챙겨 부모님이 계시는 식당 앞에 서게 되었다. 손잡이를 잡는 순간, 심장의 두근거림이 빈틈없이 울렸다. 가족과 함께 지내게 된다는 기쁨보다 죄책감이 컸다. 식당 유리문을 연 순간, 다시 가방을 짊어지고 가야 할까? 라는 생각이 들었다. 생각을 떨쳐버리기 위해 동생이 어디 있냐고 어머니께 물었다.

"문 뒤에 있다."

문을 열고 나가 순간, 여름 태양 빛이 내려 쬐는 곳에 파란 무늬 스티로폼 상자를 뒤집어 놓고 동생이 앉아 있었다. 발밑으로는 시커먼 구정물이 흘러가고 있었다.

'동생은 이런 환경에 있었구나.'

천근만근 나가는 돌덩어리가 발등을 내려찍는 것 같았다. 해가 저물고 아버지는 나를 앉혀 놓고 말씀하셨다.

"잘했다. 네가 울지 않고 잘 지냈다면 졸업할 때까지 데려오지 않으려고 했다."

다음날, 아버지 손을 잡고 학교에 갔다. 아버지가 급식 우유를 부탁했다. 선생님은 신청이 끝나 다음 달부터 가능하다고 했다. 3교시가 끝나고 초록색 우유 상자가 교실 문 앞에 배달되었다. 아이들이 우유를 먹으러 앞으로 나갔다. 우유를 먹지 않아도 서러울 게 없었다. 허리를 꼿꼿이 세우고 앉아 있었다. 아버지의 당부 때문이었을까? 머리가 하얀 선생님이 이름을 불렀다.

"기량아, 이 우유 네가 먹어라."

"선생님, 저 우유 안 먹어도 괜찮아요. 선생님 드세요."

또랑또랑하게 말하고 자리로 돌아앉았다. 가족과 함께 살면 어떤 상황이 닥쳐도 흔들리지 않을 자신이 있었다. 그러나, 집으로 향하는 길. 컴컴한 지하도를 바라보며 망설였다. 88올림픽 행렬이 지나간 도로를 건너갈 대범함은 9살 아이에게 없었다. 숨을 참고 지하도를 빠르게 통과했다. 계단을 올라왔을 때, 눈물이 복받쳐 터질 것 같았다. 그때, 찌르릉 불꽃을 튀기며 철근을 자르는 소리가 들렸다. 잘린 자리 뽀얀 우윳빛 액체가 흘러나왔다.

'단단한 철도 눈물 같은 것으로 만들어진 것일까?'

　　　　　　　　　　　　　　어떻게든 키워야 해

눈을 돌려 다시 걷기 시작했다. 사거리 가기 전에 여고가 있었다. 플라타너스 나무 기둥이 아버지 허리보다 굵었다. 모퉁이 돌아 걷다 보면, 낚시 가게가 있었다. 몇 발자국 거닐면 버스 정류장이 나왔다. 멀리서 식당 간판이 보였다. 조금만 더 가면 부모님을 만날 수 있었다. 순간, 바짓가랑이로 뜨거운 액체가 흘러내렸다. 버스를 기다리는 사람들이 쳐다볼 것 같았다. 발길질 당한 개처럼 가랑이를 벌리고 식당에 들어갔다. 어머니는 산더미처럼 쌓인 설거지를 앞에서 나를 쳐다보고 말했다.

"밖에 나가서 씻고 와."

건물 뒤편 주차장 수돗가에서 바지를 벗고 씻으며 생각했다.

'기량아, 학교 끝나면 화장실에 들렀다 오면 돼.'

마음의 소리에 고개를 돌렸다.

'싫어, 싫어. 나를 그냥 내버려 둬.'

수업이 끝나기가 무섭게 가방을 챙겨 들고 나와 달렸다. 식당 간판이 보이면 바지에 오줌을 쌌다. 한동안 불편함은 계속되었다. 밤에는 지하도에서 쫓기는 꿈을 꿨다. 겉으로 괜찮은 척 아무렇지 않은 척해도 죄책감이 깊었다. 어머니 눈빛에 삶의 무게가 그대로 전해졌기 때문이다. 식당 일을 도와드리기 위해 옷소매를 걷어붙이고 설거지를 하면 부리나케 달려와 성난 목소리로 손바닥을 내리쳤다.

"일하지 마. 엄마처럼 손 망가질라. 너는 항상 손에 로션 바르고 다녀!"

동생에게 다정했지만, 큰딸에게는 단호했다. 붉으락푸르락하는 아버지의 성격을 감당하며 새벽부터 문을 여는 어머니는 쉬는 날 없이 밤늦도록 계속되었다. 누군가 전한 풀씨가 가슴 깊이 들어와 뿌리를 내렸다.

"아줌마들하고 얘기하는 걸 들었는데 네 엄마는 네 동생을 더 귀여워한다고 하더라."

'내가 없었다면….'

자신의 존재가 짐짝처럼 느껴졌다. 꿈속의 괴한은 타인이 아닌, 자신으로부터 도망치려는 몸부림이었다. 새벽에 일어나, 쥐새끼가 드나드는 식당 구석에서 앉아 얼룩진 수건에 얼굴을 묻고 우는 어머니의 뒷모습을 보게 되었다.

"내 딸은, 내 딸만큼은 고생하며 살지 않게 해 주세요."

사슴처럼 솔직한 눈을 가진 어머니는 딸을 위해 기도하고 있었다.

두 아이의 엄마가 되고, 병이 깃든 육체의 감옥에 살았다. 그때, 뿌리 깊은 풀씨가 건드렸다. 분노하며 어머니께 전화했다.

어떻게든 키워야 해

"엄마, 엄마가 자식이 하나만 있었으면 좋겠다고 했어!"

"응, 그랬다. 사는 게 지긋지긋해서 그렇게 말했다!"

"그럼, 없어져 버리면 되겠네."

가슴에 비수를 꽂았다.

'복수는 다른 사람이 해준다고 했던가?'

8살 요한이가 말했다.

"엄마, 그럼 나를 왜 낳았어요?"

백희나 《알사탕》 동화책이 있다. 아버지는 아이에게 끊임없이 잔소리를 늘어놓았다.

'숙제는 했냐? 씻었냐?'

아버지 수염을 닮은 까칠한 알사탕을 먹고 속마음을 듣게 되었다.

'사랑해…. 사랑해…. 사랑해….'

어머니와 나는 사랑이 없는 엄마였을까? 사랑은 차고도 넘쳤다. 다만, 방법을 몰랐다. 어떻게 사랑을 표현해야 하는 것을….

'마음을 아는 알사탕이 있었다면 어땠을까?' 세상에 그런 알사탕은 존재하지 않는다. 다만, 오랜 시간 깊이 들여다보면 알 수 있다. 산에서 내려오며 풀씨가 내린 뿌리를 거두기 시작했다.

꿈꾸기 시작하다

나의 의지는 칡넝쿨처럼 질겼다. 할아버지댁에 있는 핑크빛 레이스 침대를 거부하고, 식당 구석진 자리를 비집고 들어갔다. 담배 냄새도 코를 막지 않았다. 삼겹살을 굽고 술잔을 기울이는 테이블 옆에서 잠들었다. TV에서 하얀 자전거를 달리는 광고를 봤다.

'나도 저런 자전거가 있었으면 좋겠다.'

자전거를 갖고 싶다고 하자 중고로 사줬다. 색깔이 마음에 들지 않았다.

'시커먼 자전거와 타협하고 탔을까?'

아니다. 하얀색 페인트를 구해 색칠했다. 마치 백남준의 퍼포먼스의 한 장면과 같았다. 페인트로 칠을 끝낸 후 팔짱을 끼고 자전거를 봤다.

'누가 이런 생각을 할 수 있을까?'

세상에서 단 하나뿐인 자전거였다. 페인트를 말리고 자전거에 올라탔다. 세상 어디든 달려갈 수 있을 것 같았다. 처음에는 동네 주변만 달렸다. 다음에는 언덕 밑까지 내려갔다. 그리고 시장 밑 강까지 갔다. 사람들은 말했다.

"똥 개천이다."

내 눈에는 노을빛 황금 줄기였다. 강과 대화했다.

'나는 어떤 사람이 될까? 어떤 길을 갈까?'

'네 의지대로 살아가게 될 거야.'

붉은 태양 위로 새가 날아올랐다. 매일 자전거를 올라타고 페달을 밟고 강을 향해 갔다.

'황금빛 강줄기 뒤에 무엇이 있을까?'

끝까지 달려가고 싶었다. 식당에 가방을 던져 놓고, 건물 뒤편으로 달려갔다. 자전거가 있어야 하는 자리에 없었다. 눈을 의심했다. 어제의 기억을 더듬었다. 건물 주변을 살폈다. 동네 주변을 이 잡듯 뒤졌다. 자전거가 없었다.

'그 희귀한 자전거를 가져갈 용기 있는 놈이 있다니!'

얼굴 한번 보고 싶었다.

'사라진 자전거를 포기했을까?'

아니다. 포기하지 않았다.

'자전거 바퀴에 바람이 빠지면 분명 자전거가게에 가서 펑크를 때우게 될 거야.'

탐정이 되어 전화번호부에 등록된 자전거 가게 이름을 확인했다. 다음날부터 자전거 가게를 찾아다녔다.

"안녕하세요. 아저씨. 제가 자전거를 잃어버렸어요. 자전거 좀 찾아 주세요."

"내가 어떻게 네 자전거를 찾아 주냐?"

"제 자전거는 한눈에 알아볼 수 있어요. 제가 하얀색 페인트로 다 칠해 놨거든요. 혹시 자전거 바람이 빠져서 가져오면 이리로 전화 주세요. 전화번호는 아주 쉬워요. 0000 이거든요."

아저씨는 자전거 수리 하다 말고, 고개를 들어 쳐다봤다.

"그래 알았다. 칠판에 전화번호 적어 두고 가거라."

주변의 모든 가게에 전화번호를 남기고 다녔다. 그로부터 한 달이 지났다. 학교에 돌아왔을 때, 아버지가 말했다.

"시장에 있는 자전거가게에서 연락이 왔더라. 한번 가보렴."

날개를 단 듯 뛰어갔다. 아저씨가 말했다.

"네 자전거 찾았다. 어떤 녀석들이 하얀 페인트를 칠한 자전거를 가져왔길래, 자전거 네 것 맞냐? 물으니까 놓고 가더라. 바람

빠진 것은 때워 놨다. 가져가거라."

"찾아주셔서 감사합니다. 그런데 자전거 바람 넣은 비용 얼마에요?"

허리 굽혀 인사하고 자전거에 올라탔다.

"허허허 녀석도. 그냥, 가라. 잘 타고 바람 빠지며 그때 또 가져와라."

바람을 가로지르며 강으로 달려갔다. 강에게 말했다.

'자전거를 찾았어. 나의 힘으로 찾았어!'

공부 머리는 좋지 않았다. 하지만, 발표시간 구김 없이 손을 들고 말했다.

결혼하고 의지는 사라졌다. 할 수 없다고 생각하니, 아무것도 할 수 없었다.

'이봐 해봤어?'

해보지 않고는 아무것도 할 수 없다.

자연의 집에 어둠이 찾아왔다. 2층 안방 문으로 창밖을 바라보고 있었다. 한길로 된 도로 위에서 차 한 대가 멈췄다. 남자가 내려 바닥을 향해 발길질했다. 모양새가 어떤 미물과 싸우는 것처럼 보였다. 뱀이었다. 도로 가운데 꼼짝하지 않고 몸을 길게 늘어뜨리고 있었다. 사람의 발길질에 혀를 내밀고 같이 공격했을까? 남자의 분노는 더욱 거세졌다.

'왜 뱀은 도망가지 않았을까?'

의지를 갖고 있었다. 차바퀴에 깔려 죽더라도 선택은 네가 하는 것이 아닌, 내가 하는 것이라는 것을 보여 주고 있었다.

"가! 가!"

소리치던 남자가 차에 올라탔다. 마을 안내도에 살모사 많다고 표시된 곳이었다. 자신보다 몸집이 커도 독사는 뒤로 물러서지 않았다.

자연의 햇살에 이불을 말리기 위해 담벼락에 걸쳐 두었다. 바람의 장난으로 떨어진 이불을 주우러 갔을 때, S자를 그리며 도망갔다. 산책하다 만난, 뱀은 도망가지 않았다. 자연은 나에게 물음을 던진다.

'작은 소리에도 도망치는 유혈목이 될 것인가? 사람의 발길질에도 의지를 굽히지 않는 독사가 될 것인가?'

나약함은 무릎 꿇게 하지만, 의지는 앞으로 나가게 한다. 《노인과 바다》의 노인은 역경 속에 굴복하지 않았다. 작품 속 헤밍웨이는 인간의 의지를 말했다. 껍데기가 아닌, 알맹이로 살아가는 것, 강한 의지로 살아가는 것이 중요하다. 산속의 이방일지라도.

어떻게든 키워야 해

글을 쓰다,
작가가 되다

외할아버지 집 뒷마당에 무화과나무가 있었다.

"왜 무화과에요?"

"꽃이 피지 않은 열매라서 그렇게 부른단다."

꽃이 피고, 열매를 맺는 자연의 과정을 생략한 무화과를 혀끝
에 넣었을 때, 크게 감동하지 않았다. 다만 알쏭달쏭했다.

'왜 무화과는 꽃을 피우지 않을까?'

무화과는 열매가 아니라 꽃이다. 다만, 밖에 피는 꽃이 아니
라, 안에 피는 꽃이다. 남편과 외할머니 산소에 갔을 때, 뜨거운
여름, 무지개색 파라솔 밑에서 무화과를 팔았다. 차를 세우고 무
화과를 사지 않았다. 어린 시절 먹었던 무화과 맛이 별것 아녔
기 때문이다. 시골로 이사 오고, 시내와 반대 방향으로 장을 보

러 간다. 그 길을 달리면, 장을 보러 가는 것인지? 여행을 가는 것인지 착각할 정도로 푸르고 하얗다. 자연의 색을 보고 달리는 길은 눈이 편안하다.

5층짜리 건물 하나 들어서지 않은 시골 작은 장에서 반찬거리를 산다. 그때, 요한이가 말했다.

"엄마, 무화과 사요."

"무화과 먹어 봤어?"

"네, 맛있었어요."

한 상자에 6000원 주고 무화과를 샀다. 차 안에서 두 아이는 곶감 까먹듯이 무화과를 꺼내 먹었다. 몇 개를 먹고 난 뒤, 안나는 혀끝이 아파 더는 못 먹겠다고 했다. 차를 주차하고 장본 것을 들어 날렸다. 식탁에 무화과 상자를 제일 먼저 올려놨다. 껍질을 벗겨 하나 먹었다. 심 봉사가 눈을 떴을 때, 이런 기분이었을까? 피로가 감쪽같이 사라졌다. 상자를 비웠을 때, 몸의 에너지가 완충된 것 같았다. 영암에서 무화과를 봤을 때, 못 본 척했다. 낡은 내가 보였기 때문이다. 시골에서 자란 아이를 숨기고 싶었다.

'왜 그랬을까?'

사투리를 쓸 때 지역감정이란 따가운 시선을 한 몸에 받았다. 그래서 숨겼다.

어떻게든 키워야 해

'글을 쓴다는 것은 무화과처럼 내면의 꽃을 피우는 것이 아닐까?'

반드시 열매가 돼야 한다는 열망의 아닌, 자신의 꽃이 되는 것이다.

어제 무화과 두 상자를 샀다. 일주일에 한두 번 다녀가는 어머니를 위해 샀다. 오실 때가 되었는데 안 오셨다. 어머니는 딸네 집도 마음대로 못 간다고 투덜거렸다.

"니 아부지가 움직여야 갈 수 있어."

아버지의 그림자처럼 사는 어머니가 안쓰럽기보다 격렬하게 분노했다.

'왜 단 하나뿐인 삶을 자신이 결정하지 못할까?'

첫째를 낳고, 자정이 가까운 시간, 불 꺼진 식탁에서 열무김치에 밥 말아 먹는 모습을 보고 사자처럼 으르렁거렸다.

"불이라도 켜고 먹지! 이게 뭐냐고!"

"너랑 니 아부지 깰까 봐."

식탁 등불을 켰을 때 어머니의 두 눈은 붉은 노을이 글렁거렸다. 어머니와 나는 감정의 골이 깊었다.

"자식 나면 어미 마음 알아준다는데 왜 너는 자식을 둘이나 낳고도 어미 마음을 몰라주냐…."

가슴을 치며 울었다. 그런 어머니 마음을 이해하고 싶지 않았다. 이해의 날이 올 것 같지도 않았다. 실구름이 수채화처럼 펼쳐진 가을날 아침, 전화벨이 울렸다.

"가을 하늘이 참 맑다. 이런 날, 너는 내 생각하냐? 나는 항상 너를 생각하는데…."

어머니 말을 한 귀를 듣고 한 귀로 흘렸다. 얼마 전 어머니가 쓰러져서 병원에 갔다. 이석증이었다. 그런데 이석증보다 더 심각한 것이 드러났다. 한쪽 폐를 빨리 수술을 해야 한다고 했다. 아버지는 집 앞 병원에서 하겠다고 했다. 세상에, 병원 많이 다닌 것도 이력이 쌓이는 것일까? 생각을 말하자 큰소리만 났다. 어머니는 울먹이며 말했다.

"좀 더 큰 병원에 가서 검사받고 싶은데 니 아버지가 말을 안 듣는다."

"왜, 자기 몸 하나 마음대로 못하냐고!"

"어쩌겠냐, 니 아부지가 하자는 대로 해야지. 나는 니가 아부지랑 싸울까 봐 그게 더 걱정이다. 당분간 연락하지 말아라."

당신의 몸, 병원 하나 선택하지 못하고, 끌려다니는 어머니를 보며 용암처럼 끓어올랐다. 꺼지지 않은 화를 품고, 산을 걸었다.

'다 뜻이 있을 거야.'

어떻게든 키워야 해

산들바람이 말했다. 다시 일상으로 돌아와 두 아이의 엄마로 글을 쓰며 지냈다. 아버지에게 전화가 왔다.

"오늘 병원 갔다 왔는데 니 엄마, 백내장이라고 수술해야 한다고 하더라. 이번 달에 수술하려고 한다."

속을 얼마나 삭였으면, 잠깐 사이에 또 하나 병을 만들었을까? 어머니의 잠 못 자는 날들이 별처럼 눈에 보였다. 남편이 소식을 듣고, 장인어른께 전화를 드렸다. 부드러움이 강한 것을 이긴다고 했던가? 남편이 부모님을 모시고 병원 가기로 했다.

결혼하고 어머니는 무화과 꽃처럼 자신을 드러내지 말라고 했다. 자신을 숨기고 살아온 60년 어머니는 행복했을까? 어머니가 참고 살아온 길이 없었다면, 분명 지금의 나도 없었을 것이다. 어머니가 말했다.

"의사가 그러더구나, 폐가 이렇게 생겼는데 지금까지 산 것을 보면 기적이라고…. 기적같이 살았으니, 오늘 눈 감아도 여한이 없다. 다만, 한 가지. 설거지 하나 제대로 못 하는 너를 두고 눈 감을 생각하니, 눈이 감겨야 말이지. 살아 있는 동안 고삐 풀린 너를 어떻게 가르쳐야 할까? 생각하며 한 개라고 더 가르쳐 보려고 한다."

"같이 늙어가는 처지에 왜 이러슈."

20살 차이 나는 어머니, 활짝 핀 어머니보다 나는 먼저 시들어갔다. 자신의 젊음보다 자식이 먼저 시들어가는 것을 지켜보는 어머니는 어땠을까? 어머니의 내면을 이해하지 못했다. 이해는커녕 비뚤어지게 거부했고, 참고 사는 어머니에게 분노했다.

'왜 그렇게 살아야 하냐고!'

어머니는 자신을 속인 것이 아니다. 부정했던 것도 아니다. 그저…. 그렇게 사는 것이 맞다고 생각하며 자신 안에 무화과 꽃을 피운 것이다. 어머니를 인정하는 순간, 나도 꽃이 되었다. 어머니가 말했다.

"네가 쓰러졌을 때, 왜 저런가 싶었는데, 내가 쓰러지고 나니, 왜 그랬는지 알겠더라. 두 아이 키우면서 힘들었지."

고통은 자신을 알아가고 타인을 이해하는 시간이 되었다.

나는 글을 쓰며, 세상에 화려한 꽃을 피우는 꽃이 아닌, 내면의 꽃을 피우는 무화과가 되겠다.

경품을 건다

초등학교 1학년 산골 학교에 다닐 때 일이다. 학교 앞에 나무
판자로 지은 문방구가 있었다. 모습은 마치 톰 소여의 오두막처
럼 생겼다. 문을 열고 들어가면, 고무 냄새가 났다. 아마도 지우
개 냄새였던 것 같다. 아니면? 고무풍선 냄새였던가? 뽑기 종이
판에 풍선이 붙어 있었다. 풍선 뒤에 숫자가 적혀 있었고 종이
판 밑에 동그란 구멍이 있었다. 문처럼 종이를 열면 숫자가 나왔
다. 50원을 내면 동그란 구멍을 열어 숫자에 맞는 풍선을 뽑을
수 있었다. 갖고 싶은 긴 풍선을 마음에 새기고 두근거리는 마음
으로 동그란 구멍을 열었다. 짧은 풍선이 나왔다. 바람 빠진 풍
선처럼 쪼글쪼글해져 집에 갔다. 소여물을 주고 있던 아버지 등
에 대고 투덜거렸다.

"긴 풍선을 뽑고 싶었는데, 짧은 풍선이 뽑혔어요."

어린 딸의 투정을 어깨너머로 들었던 것일까? 집에 왔을 때, 풍선 뽑기 판이 집에 있었다. 그것도 하나가 아닌, 두 개였다. 순간, 최고 부자가 된 듯했다. 가랑비 내리듯 찔끔찔끔 50원 내고 뽑기를 했다. 그런데 한 개도 아닌, 두 개가 있었다. 갖고 싶었던 풍선을 마음대로 갖게 되었다.

'기쁨이 오래 갔을까?'

아니다. 동그란 종이 구멍을 뒤집는 설렘은 일주일도 못 가고 사라져 버렸다.

'가진 것이 많을수록 좋은 것일까?'

많은 것을 가질 때, 소중함을 몰랐다.

철사 같은 머리카락과 햇볕에 그을린 나는 누구보다 건강했다. 공부는 못해도 머리카락 싸움, 팔씨름에서 나를 이길 아이는 없었다. 부모님과 계곡에 놀러 갔을 때, 어떤 아주머니가 물건처럼 살펴보더니 이렇게 말했다.

"얘, 너 어느 나라에서 왔니? 아프리카에서 왔니?"

"OK!"

TV 개그 프로에서 이봉원 아저씨가 시커먼스 노래를 하던 모습을 그대로 닮다. 아버지를 따라 이발관에 갔다. 그는 나를 사내아이로 생각했던지 귀 위로 머리카락을 잘라놨다. 모습을 보고 어머니는 딸을 딸답게 변신시키려 했다. 미용실 아주머니에게 파마를 부탁했다. 그녀는 롯드를 말면서 머리숱이 너무 많다고 투덜거렸다. 머리를 감고, 고개를 들었을 때, 시커먼스가 거기에 앉아 있었다. 이봉원 아저씨는 분장했지만, 나의 모습은 꾸민 것이 아닌, 있는 그대로 모습이었다. 커다란 눈, 코, 입. 새까만 피부, 누구보다 건강했기에 그런 생각을 했던 것일까? 시커먼스가 아닌, 강수지 언니처럼 하얀 나비 같은 인상을 갖고 싶었다. 건강을 잃은 후에 알게 되었다. 아프리카에서 왔냐? 물었던 그때가 좋았다는 것을. 강수지가 불렀던 하데스(오르페우스의 눈물)처럼 시간을 되돌릴 수 있을까?

후회로 과거를 향해 헤엄칠수록 절망에 빠져들 뿐이다.

'현재의 모습을 인정하며 사는 것이 경품 같은 세상을 사는 것이 아닐까?'

경품 이야기를 하자면 할 말이 많다. 어려서부터 나는 경품 행사에 응모하면 당첨되었다. 초등학교 월요일 아침 조회시간, 전교생이 운동장에 서서 교장 선생님의 기나긴 연설을 들었다. 좌우로 줄을 맞추고 서 있을 때, 신발을 봤다. 한쪽 운동화에 구멍이 보였다. 반대 발로 모래를 끌어모아 구멍을 막았다. 모래는

얄궂게도 바로 흘러내렸다. 부모님께 신발을 사달라고 하면 됐다. 그러나, 한쪽 신발은 멀쩡했기 때문에 그대로 신고 다녔다. 운동장 조회시간만 버티면 됐다. 이런 마음을 밝은 태양과 차가운 눈비를 내리는 분이 알고 계셨던 것일까? 우연히 치타가 그려진 과자를 사 먹었는데 운동화가 당첨되었다. 당첨된 종이와 함께 신발 크기를 보내 주면 운동화를 보내 준다고 했다. 그때, 부모님께 말씀드렸다.

"한쪽 신발에 구멍이 났었는데, 정말 잘 됐어요."

한 달이 지나도 소식이 없자, 과자 뒷면에 있는 소비자 상담실에 전화해서 말했다.

"운동화 왜 안 보내 주세요."

일주일에 만에 슈렉을 닮은 초록색 발목 운동화가 왔다. 친구들은 신기하게 생긴 운동화를 보며 웃었다. 상관없었다. 경품에 당첨된 운동화를 당당하게 신고 다녔다. 뒤로 경품 행사에 당첨되었다. 행사장에 있는 경품 자전거를 한 대씩 끌고 와 성당에 기부했다. 임신했을 때 임부복에 당첨되었다. 부모님께 금강산 여행을 보내드리고 싶어 공모전 글을 써서 보냈다. 당첨되어 금강산을 보내드렸다. 나에게 미다스 왕처럼 경품을 변하게 할 능력이 있었을까? 아니다. 아마도 초록색 운동화를 선물로 받았을 때, 신고 다니는 아이들은 많지 않았을 것이다. 부모님과 행사장을 함께 다니고, 아이의 그림대회에 자주 참가해서 확률이 높았을 뿐이다. 또, 임부복에 사연이 당첨된 것과 부모님 금강산을 보내드린 것은 진심을 담아 글을 썼기 때문이다. 아무것도 하지 않았다면, 당첨의 기회는 오지 않았을 것이다. 흔히들 이렇게 말한다.

"로또 한 방만 터지면 되는데…."

정말 나도 로또 한 방 터졌으면 좋겠다. 하지만, 로또를 사지 않는 이유가 있다. 지금 내가 사는 삶이 로또 한방보다 더 귀하다는 것을 알기 때문이다. 주말 새벽이면 남편의 손을 잡고 산책하러 간다. 페이스트리 빵처럼 겹겹이 쌓여 있는 산을 보며 남편이 말했다.

"결혼하고, 아내가 이렇게 나를 좋아할지 몰랐어."

"내가 당신을 좋아하는 것이 느껴져?"

"응."

"그런데, 나도 그래."

우리에게는 시련이 많았다. 그 길을 한 땀 한 땀 살을 꿰듯 걸었다. 지금 과거에 얽매임도 없고, 미래에 대한 뚜렷한 목표도 없다. 현재를 살아가는 지금의 시간에 있다. 산 중간쯤에 집 한 채가 있다. 마당 앞에 소나무 하나가 몸을 비틀어 낮은 자세로 구부리고 있다. 남편이 말했다.

"와, 소나무 진짜 멋있다."

바로 옆에는 하늘로 향하는 소나무가 우후죽순 반듯하게 서 있었다. 그들이 들으면, 서운했을지 모른다. 키가 큰 소나무보다 허리를 비틀고 서 있는 소나무 한 그루가 귀하게 보이는 것은 왜일까? 다르기 때문이다. 아마도 숲에 있는 소나무보다 가격도 월등히 비쌀 것이다. 같아지려고 하기 보다, 차이와 다름으로 자신만의 개성을 갖고, 어떤 일을 꾸준히 해나간다면 삶이 위대하다는 것을 깨닫지 않을까?

반듯반듯한 아파트를 떠나 집 짓고 산속에 들어와 걷는 길은 경품 같은 길이다.

'누군가 집을 던져줬다면 알았을까?'

아버지가 사다 주신 풍선 종이판을 가졌을 때, 행복은 오래가지 못했다. 내가 한 것이 아닌, 주어졌기 때문이다. 나는 앞으로 타인이 만든 길에 서지 않고, 내가 만든 길을 걸어갈 것이다. 또한 아이들에게도 만들어 주지 않을 것이다. 너의 길은 너희가 선택해서 걸어가라고 말할 것이다. 다만, 품 안에 안을 수 있을 때, 실컷 안아 줄 것이다.

어떻게든 키워야 해

"엄마 그만해."

할 때까지 뽀뽀하고, 발가락을 간지럽히고, 물어뜯으며 괴롭힐 것이다. 남편에게도 똑같이 애정을 쏟을 것이다. 다만, 애정과 잔소리는 반비례가 아닌, 비례하겠지만…

엄마의 책임감

초등학교 3학년 1학기 시험을 보고 충격에 휩싸였다. 수학 점수가 18점이었다. 오랜 세월이 흘러도 점수가 기억나는 이유는 교실 창문을 열고 18점 점수를 81점으로 바꾸려고 했기 때문이다. 성인이 되어 처음으로 볼링을 쳤다. 공은 중심을 잃고 옆으로 빠졌다. 점수는 18점이 나왔다. 옆에 있던 친구가 말했다.

"18점이 뭐냐! 18점! 너 학교 다닐 때 점수 아니야?"

순간 얼굴이 노을빛처럼 변했다. 초등학교 때, 교과서를 펼치지 않았다. 공부 못하는 것이 핑계도 많다. 나는 내면과 치열하게 싸우고 있었다. 다만, 초등학교때 한번 공부한 적이 있다. 독서실에 가서 500원 내고 했다. 깜깜한 독서실에 초등학생이 들어온 것을 보고 언니가 말을 걸어왔다.

"너 왜 여기 왔어?"

"우리 집은 식당이라 공부할 곳이 없어요. 그래서 공부하러 왔어요."

"야, 조그만 게 대단하다."

식당 앞 도로 신호등이 멀어 무단 횡단으로 식판을 들고 갔다. 장판집 아저씨는 대견하다고 담배꽁초를 누른 손으로 머리를 쓰다듬으려 했다. 손을 피해 가게 문을 열고 뛰어나왔다. 다만, 손에서 로션 냄새나는 언니가 머리를 쓰다듬을 때는 가만히 있었다. 목적이 있어 공부했다. 아버지가 공부를 잘하면 인형을 사준다고 했다. 인형을 손에 넣고 난 뒤 독서실 발걸음을 끊었다. 그 뒤로 통지표는 국어, 체육, 미술, 도덕 빼고는 별 볼 일 없었다. 대신 항상 통지표에 적혀 있던 담임선생님의 말이 있었다.

'책임감이 강하다.'

얼룩진 앞치마를 두르고 맨손으로 설거지를 하는 어머니에게 물었다.

"엄마, 선생님이 책임감이 강하다는데 그게 도대체 뭐예요?"

통지표 찍힌 수미양가에 대한 책임은 없고, 어머니에게 칭찬 받고 싶어 했던 질문이다. 어머니는 설거지통에 가득 쌓인 그릇을 닦으며 말했다.

"가서, 공부해라."

순간, 분노가 쑥 올라왔다.

'이미 결과가 나왔는데 공부할 필요가 있을까?'

녹슨 뒷문을 꽝 닫고 자전거에 올라탔다. 황금빛 줄기를 늘어뜨린 강으로 달려갔다. 자전거에 내려 둑에 앉아 풀을 던지며 말했다.

'강아, 선생님들이 나보고 책임감이 강하다는데, 도대체 책임감이 강한 나는 누구일까? 나는 알고 싶어. 책임감이 강한 나를 보고 싶어.'

'너의 길을 가면 알게 될 거야.'

소리 없이 흘러가는 강물이 말했다.

'보이지도 않고, 손에 잡히지도 않은 나의 길은 도대체 무엇일까?'

사춘기에 접어들면서 방황의 수레바퀴는 자전거 바퀴보다 더 빠르게 굴러갔다. 고등학교 담임선생님은 마흔이 넘었다. 친구들은 말했다.

"노처녀 히스테리다!"

내 눈에는 학생을 바른 길로 이끌려는 유관순 언니처럼 보였다. 부모님이 없는 집에 친구 2명이 놀러 왔다. 뒤돌아서면 배고픈 나이, 냄비에 라면 넣을 물을 끓이고 있을 때 전화벨이 울렸다.

어떻게든 키워야 해

"기량이 뭐 하고 있었니?"

"성희랑 혜선이하고 먹으려고 라면 끓이고 있었어요."

"친구를 초대해서 라면으로 대접하면 되겠니? 선생님이 피자 사줄 게 나와라."

처음 가본 피자집에서 선생님은 메뉴판을 앞에 놓고 먹고 싶은 것을 고르라고 했다.

"선생님, 먹어본 적이 없어 뭐가 뭔지 모르겠어요. 선생님이 시켜 주세요."

선생님은 미소를 지으며 주문했다. 치즈가 쭉쭉 늘어진 피자를 입에 넣었다. 촌스러운 혀끝은 선생님 정성을 배반했다. 맛을 느끼지 못했다. 그것이 더욱 선생님 앞에서 부끄럽게 했다. 다음 날 아침 일찍 등교해서 청소하고 선생님 책상에 꽃을 꽂아 두었다. 꼴찌에서 맴돌던 아이가 전교 10등 안에 들자 부모님은 기뻐했다. 그러나 만족을 느끼지 못했다. 교과서를 무식하게 외우는 기계에 불과했기 때문이다. 진정으로 깨닫지 못한 자는 18점이나, 81점이나 다를 바가 없었다.

'엄마가 되고, 신은 진짜 내가 되기 위한 시간을 준 것일까?'

피자 판이 아닌, 동그란 수술조명 앞에 섰다. 처음에는 아기였고, 다음은 엄마였다. 수술대 메스는 동물벽화처럼 몸에 새겼다.

육체적 아픔으로 울었지만 상처가 아물고 난 뒤에는 인생이 서글퍼서 울었다.

'살아있구나.'

중요한 것은 살아 있다는 것이다. 살아 있기에 혀끝으로 눈물의 맛을 볼 수 있었다. 손끝부터 발끝까지 절이는 아침이었다. 무거운 두 발을 내딛고 아침을 준비했다. 밥을 끓인 흰죽과 김치가 전부다.

"엄마가 미안해 아무것도 준비하지 못했어."

"괜찮아요. 엄마."

아이는 스스로 옷을 입고, 양치질했다. 고양이 세수를 했는지 눈에 노란 눈곱이 그대로 있었다. 등굣길 짙은 안개가 깔려 있다. 아이가 말했다.

"엄마, 추워요."

"동생하고 걸어가고 있어. 엄마가 옷 갖고 올게."

옷을 챙겨 들고 나왔다. 멀리서 안나의 울음 섞인 비명이 들렸다. 발은 땅바닥을 저항하며 뛰기 시작했다. 아이 앞에 목줄이 풀린 검은색 개가 침을 흘리며 서 있다. 개의 이빨은 희번득 빛났다.

"앞으로 걸어가, 엄마가 지켜 줄게."

아이는 논둑으로 걸어 올라갔다. 그 뒤를 엄마의 이름으로 담

어떻게든 키워야 해

대하게 걸어갔다. 설령 검은 개가 뒷다리를 향해 달려든다 해도
겁나지 않았다. 통지표에 적혀 있던 책임감, 검은 개 앞에서 알
게 되었다.

'아무 일 없었다면 이처럼 강한 엄마가 될 수 있었을까?'

산에서 내려오는 계곡물은 소리가 있다. 소리 많은 물은 흘러
강물을 만난다. 깊이에 따라 소리도 달라진다. 흐르는 물은 넓은
바다를 만난다.

'엄마의 성장도 유수와 같지 않을까?'

3장

어떻게
살 것인가?

고통 없는 것은
의미가 없다

아파트 놀이터를 가지 않았다. 놀이터 갈 힘이 없었다. 또 하나
의 이유가 있다. 아이를 통제할 힘이 없었다. 유치원 차량이 도착
하면 아이를 데리고 어린이집을 갔다. 요한이는 신발을 신고 어
린이집에 들어갔다.

"안 돼."

엄마의 외침에도 몸이 먼저 나갔다. 요한이는 나뭇잎을 뜯고
꽃을 꺾었다. 돌을 발로 찼다. 어린이집 하원하는 아이들을 울렸
다. 그리고 놀이터를 지날 때 놀고 싶다고 했다. 대답은 '안 돼!'
였다. 아이는 미꾸라지처럼 몸을 뒤집고 떼썼다. 하원 시간, 15
분이 왜 그렇게 길고 힘들었는지 모른다. 바닥에 털썩 주저앉아
어린아이처럼 울고 싶었다.

'왜 놀이터에서 놀고 싶어 하는 아이에게 안 된다고 말했을까?'

두 개의 가방을 내려놓고 벤치에 앉아 쉬고 있으면 아이는 금세 달려가 아이들을 울렸다. 무거운 엉덩이를 들고, 우는 아이에게 사과하고 요한이를 야단쳤다. 자신의 마음을 몰라주는 엄마 때문에 아이도 울고 엄마도 울었다.

'왜 이렇게 살아야 할까?'

육체는 납덩어리처럼 무거웠다. 육아는 안갯속처럼 보이지 않고, 숨 막히게 답답했다. 시멘트 바닥에 몸을 묻고 싶은 순간, 잔디밭에 누워 하늘을 보고 싶었다. 자연은 지친 이에게 휴식을 허락해줄 것 같았다.

하늘을 올려다보니 눈부시게 파란 하늘 위로 아파트가 높이 세워져 있었다. 반듯하게 세워진 아파트 균열이 보였다. 지나가는 남자가 슬리퍼를 신고 담배 연기를 뽀얗게 풍기며 걸어가 숨을 참았다. 언덕에서 내려오는 트럭이 신호등 앞에서 클랙슨 울렸다. 빨간불인데 행인은 아무렇지 않게 건너갔다. 오토바이가 인도로 달렸다. 굳은 의지는 몸에 달린 납보다 강했다.

'자연으로 가는 거야.'

공사 지연으로 아파트 앞에 있는 학교에 입학했다. 아이는 학교가 끝나면 도서관에서 코를 책에 파묻었다. 학교도 잘 다니고 친구들과 책도 잘 보는 아이를 보면서 안도의 한숨을 쉬었다. 어느 날, 아이의 눈이 토끼 눈처럼 빨갛게 충혈되어 있었다. 친구가 놀리며 눈을 찔렀다는데 이유를 듣고 수술 뒤 시뻘건 전쟁터가 떠올랐다. 집으로 돌아오는 길에 짐승처럼 울음을 토했다. 두 아이도 같이 울었다. 고통을 받아들이는 과정이었다.

'인간에게 고통은 무엇일까? 고통 없이 정상에 오른 사람이 있을까? 만약 있다고 한다면 정상적인 절차를 밟은 것일까?'

들에 피어난 꽃 한 송이도 온몸을 흔들며 피어난다. 아침 일어났을 때, 어지럼증으로 구토가 올라와 벽을 붙잡고 아이에게 말했다.

"엄마가 어지러워 도와줄 수 없으니 스스로 하렴."

등원 준비를 마치고 현관에서 신발을 신는 요한이가 말했다.

"엄마, 고통 없는 것은 의미가 없어요."

순간, 얼음처럼 얼어붙었다. 망부석이 된 엄마를 향해 아이는 미소를 지었다. 8시 통학버스를 타기 위해 파란 자전거에 올라탔다. 논에 어린 모가 자라나는 길 위를 달린다. 고개를 들어 하늘을 보고, 뒤따라오는 엄마와 동생을 바라본다. 아이의 얼굴에는 웃음이 가득하다.

'어쩌면 저 아이는 하늘을 나는 것처럼 자전거를 타는 것일까?'

어떻게 살 것인가?

다시 살아가는 것은 고통을 저항하는 것이 아니라 받아들이는 것이었다.

유치원을 다녀온 안나가 오늘 있었던 일을 말했다.

"엄마, 친구가 오빠를 놀렸어."

"그래?"

"그래서, 오빠가 불쌍했어."

"그럴 수도 있겠다. 그런데, 오빠는 고통을 이겨낸 사람이야."

생후 6개월, 고문 같은 시간을 보낸 아이를 사람들은 모른다. 심지어 곁에서 지켜본 엄마도 고통의 강도를 알 수 없다.

'아이 심연 속에 무엇이 있을까?'

나뭇잎을 뜯고, 꽃을 꺾고, 돌부리를 걷어차는 행동만 보았다. 그것이 살기 위한 몸부림이었다는 것을 알게 되었다. 엄마만 몸부림친 것이 아니라 아이도 살기 위해 몸부림쳤다. 이제 아이는 자전거를 타고 자연을 날아간다.

학교 도서관 사서로 갔다. 쉬는 시간에 아이는 친구와 책상에 앉아 소원 팔찌를 만들었다. 머리띠를 한 친구가 말했다.

"요한아, 너처럼 잘 안 돼. 도와줘."

"응, 그래? 어디 보자. 여기가 잘못되었네. 이 부분을 이렇게 하는 거야. 나도 처음에 그랬어."

"고마워."

얼마 후 소원 팔찌를 완성해서 손목에 끼워줬다. 아이에게 물었다.

"요한아, 팔찌 만들면서 무슨 소원을 빌었어?"

"엄마가 불사신이 되게 해달라고 빌었어요."

'바람에 흔들리지 않은 튼튼한 엄마가 되기를 바란 것일까?'

둘째를 낳고 젖을 먹일 때 찾아온 친구가 이런 말을 했다.

"나는 너처럼 살고 싶지 않아. 아기 안 낳고, 여행하며 자유롭게 살 거야."

친구가 부러웠다. 이유는 목적이 있었기 때문이다. 육체의 고통에 짓눌린 나는 목적이 없었다. 그러나 심연의 욕망은 누구보다 강했다. 자연에서 아이와 푸른 산과 들을 뛰어다니며 살아간다. 자연은 해방을 줬다. 사람들은 불혹의 나이 마흔이라 한다. 40세가 되면 바깥 사물에 미혹되지 않는다는 뜻이다. 지금껏 말의 입김에 촛불처럼 흔들렸다. 때론 강한 바람에 힘없이 꺼지기도 했다. 자연에 살며 뿌리를 내린다. 뿌리는 잎보다 더 강하다. 살아있기에 뿌리 내릴 수 있다. 엄마의 이름으로 살아간다. 자연에서 의지의 불꽃은 더 깊이 타오른다.

'전보다 더 뜨겁게.'

어떻게 살 것인가?

꿈에도 그리던
내 집

남편이 아내가 자란 곳을 가고 싶다고 했다. 아이를 데리고 여행처럼 떠났다. 푸른 하늘과 산이 그림처럼 둘러싸고 있었다. 어릴 적 보고 자란 그대로였다. 차에서 내린 남편이 말했다.

"내가 상상했던 곳과 같아."

언덕 위에 하얀 집은 흔적 없이 사라지고 무성한 풀만 가득했다. 외할머니 산소를 찾아갔다. 트렁크에서 낫을 꺼내 남편은 벌초했다.

어린 딸에게 어머니는 외할머니 산소라고 말했다.

'어디서 봤던 것일까?'

소나무 가지를 꺾어 산소 앞에 두고 두 번 절하며 말했다.

"얼굴 한번 뵙지 못했지만 우리 어머니를 낳아 주셔서 감사합니다. 편안히 계세요."

어머니는 손등으로 눈물을 훔쳤다. 할머니 산소는 구름처럼 포근했다. 곁에 누가 있든 없든 산소를 지날 때마다 절했다. 조금 지나면 탱자나무 울타리가 병풍처럼 길게 늘어져 있었다. 가지고 놀던 공이 탱자나무 울타리로 들어가면 가시밭으로 들어가야 했다.

'먹지도 못하는 탱자나무!'

살을 찌르는 탱자나무 울타리를 다 걷어내고 싶었다. 눈 오는 날, 도시에 사는 친척 오빠가 놀러와 강아지처럼 신나게 눈싸움을 했다. 아버지가 던진 눈에 오빠가 맞았다. 그는 털장갑을 집어 던지며 표준어로 화 냈다. 아버지는 안절부절못했다. 나는 장갑을 주어 탱자나무 울타리로 던져 버렸다.

아버지는 어린 나에게 골칫거리였다. 언덕 위에 하얀 집, 자다 일어나면 부모님이 안 계셨고 가까이에서 들짐승의 울부짖는 소리가 들렸다. 기저귀를 끊은 지 얼마 되지 않은 동생을 깨워 플래시를 들고 어두운 밤길을 걸어 마을로 내려갔다. 둠벙에 다다르면 맹꽁이가 울었다. 바로 앞 점방이 있었다. 동생과 철문을 열고 들어가면 아버지는 술에 취해 꼬꾸라져 있었다. 점방 아주머니는 나를 보더니 눈이 살집만큼 커졌다.

"전이 아부지 그만 가이소. 이 무신 어둠을 뚫고 애린 것이 동생을 데리고 오지 않았소."

술 취한 아버지는 공기를 향해 주먹질했다. 어머니의 부축으로 집에 돌아오면 그제야 빨간 담요를 덮고 다시 잠들 수 있었다. 20대 중반, 젊은 혈기도 같이 잠들었다. 가족과 한 지붕에서 잠든다는 것은 이런 것이었다. 한동안 밤의 이동은 계속되었다. 그래도 다른 이가 아버지를 건들면 탱자나무 가시처럼 닭살이 돋아났다. 누구라도 아버지에게 함부로 할 수 없었다.

생계를 위해 가족과 이별한 초등학교 2학년, 나는 그 시기 공기조차 잊지 못한다.

할아버지와 할머니는 새벽부터 운동하러 나갔다. 무르팍이 나온 내복을 입고 밖으로 나갔다. 아파트 정원 나무 사이에 불투명한 빨간 것이 태양 빛처럼 이글이글 타오르고 있었다.

'잠이 덜 깨서인가?'

눈을 비벼 다시 쳐다봐도 시뻘건 것이 움직이며 나를 쳐다보고 있었다. 등골이 오싹했지만 뒤돌아서 앞으로 걸어갔다. 배드민턴을 치고 있는 할아버지, 할머니와 손을 잡고 집에 오면 나무 사이에 아무것도 없었다. 새벽이면 빨간 것은 나를 쳐다보고 있었다. 시간이 흐르자 빨간 것과 마주침도 일상이 되어버렸다.

'도대체 빨간 것이 뭘까?'

존재가 궁금해서 할아버지에게 물어봤다.

"할아버지, 새벽에 저 나무 사이에 빨간 것이 이글거리면서 저를 처다보고 있어요. 그게 뭐예요?"

할아버지는 대답을 안 해도 놀란 눈치였다. 낮잠 자고 있을 때, 할아버지와 할머니랑 대화하는 소리를 들었다.

"기량이, 고것이 그걸 봤대."

'어른들이 말하는 그것이 무엇일까?'

지금도 빨간 것은 정체를 모른다. 다만 빨간 것이 무서워 이불을 뒤집어쓰고 있지 않았다. 가방을 메고 학교 가는 길에 정원이 있는 집이 있었다. 벽돌로 지어진 집 마당은 초록색 융단을 깔아놓은 것처럼 잔디가 덮여 있었다. 정원 가운데 파라솔과 하얀 레이스 문양의 테이블과 의자가 놓여 있었다. 발걸음을 멈추고 대문 앞에 서서 뚫어지게 처다봤다.

'얼마나 부자면 저렇게 좋은 집에 살까?'

부모님과 떨어져 있는 신세, 탱자나무 가시가 머리끝까지 돋아났다. 대문을 뺑 차고 초인종을 누르고 도망갔다. 달리고 나면 기분이 조금 나아졌다. 등하굣길 정원이 있는 집은 눈엣가시였다. 빨간 책가방을 멘 아이는 초인종을 누르고 매일 도망쳤다. 주인이 목덜미를 잡고 혼내주길 바랐다. 집에 사는 사람의 행복한 눈동자를 확인하고 싶었다. 대꾸 없는 주인 때문에 그 일도 시시해졌다. 시멘트 바닥에 덩그러니 놓여 있는 돌멩이를 있는 힘껏 발로 찼다. 정원이 있는 집, 그것은 나의 소망이었다.

꿈을 향한다는 것은 생각에만 머물면 안 된다. 하고 싶다는 열망의 불꽃으로 재가 돼야 한다. 나에게 불을 지핀 것은 아이였다. 아이를 위해서라면 한 줌의 재가 되어도 좋았다.

집을 짓는다는 것은 무에서 유를 창조하는 것이다.

'인간이란 어떤 존재인가?'

'열 길 물속은 알아도 한 길 사람 속은 모른다.'

속담이 있다. 사람을 믿지 못한다고 두꺼비에게 새 집 달라고 할 수는 없다. 자신을 믿고 나가는 것이다. 7년 동안 거래되지 않은 화살표 모양의 긴 돌밭을 샀다. 계약서를 쓸 때 가뭄에 단비가 요란한 천둥소리와 함께 쫘 하고 쏟아져 내렸다. 계약이 끝나자 하늘은 언제 그랬냐는 듯 다시 하얀 하늘빛이 되었다.

전원주택 착공이 들어가자 탱자나무 위를 맨발로 걸었다. 엄마의 불꽃은 사그러들지 않았다. 집이란 사람이 사는 곳이다. 공사 기간에는 가시밭길이었지만 지금은 푸른 잔디가 깔린 정원에서 아이들이 맨발로 뛰어논다. 청개구리는 창에 달라붙어 긴 혀를 뽑아내며 놀리고 밤이면 반딧불이가 2층으로 올라가는 계단을 밝혀준다.

초등학교 2학년, 꿈에도 그리던 집에 산다. 비가 온 뒤 일곱 개의 능선에서 물안개가 피어오른다. 한폭의 수묵화를 보며 매일을 살아간다.

'꿈이 현실이 된다.'

삶은 은하수처럼 빛나는 길이 아니다. 가시밭을 맨발로 걸어갈 수 있어야 한다. 결코 상처를 두려워해서는 안 된다.

아, 행복하다

나의 발은 강수진 발레리나 발을 연상케 한다. 수많은 시련으로 만들어진 발이 아니라 태어났을 때부터 그렇게 생겼다. 어떤 이는 내 발을 보고 생선가게 네모난 식칼을 닮았다고 했다. 20대 여성화는 대부분 245m까지 나왔다. 나의 발 치수는 250m~255m이다. 서울역에서 245m 베이지색 부츠를 발견했다.

'신다 보면 늘어나겠지?'

기차역에서 집으로 가는 길, 걷다 보니 베이지색 신발 위로 분홍빛이 올라왔다.

'어디에서 묻은 것일까?'

2시간을 걸어 집에 도착했을 때 알게 되었다. 물에 담가놓은 돼지족발처럼 허연 발가락에 피가 묻어 있었다. 꽉 낀 신발은 아버지 같았다. 아버지는 내가 중학교에 들어가자 중형차를 샀다.

학교가 끝나면 아버지는 교문 앞에 서 있었다. 친구와 버스를 타지 않고 아버지 은빛 세단을 타고 집에 갔다. 아버지는 자동차의 운전대처럼 시키는 대로 살길 바랐다. 그러나 똘끼 많은 나는 끼가 뻗치면 아버지의 숨 막히는 단두대도 소용없었다. 고등학교 때 독서실에서 공부하고 10시면 봉고차를 타고 집에 가야 했다. 기말시험 공부의 흐름이 끊길 것 같아 차를 타지 않았다. 집에 전화하면 당장 오라고 화내는 아버지의 목소리를 들을 것 같아 전화도 하지 않았다. 독서실에서 날을 새고 집에 갔다. 불이 꺼져 있어야 할 시간인데 환하게 켜져 있었다. 현관문을 열고 들어온 딸을 본 아버지의 눈에 선지가 뚝뚝 흘러내렸다.

"너한테 무슨 일이 있으면 산속으로 가려고 했다."

딸은 아버지 마음을 이해하지 못하고 투덜거렸다. 엄하게 단속해도 생선 대가리를 뚝 잘라내듯 멋대로 했다. 책에 빠지면 엉덩이를 들지 않고 도서관에서 날을 샜다. 헤르만 헤세 책을 읽고 독일로 날아가고 싶었다. 주머니에 비행기 탈 돈도 없었다.

그뿐일까? 외국인과 의사소통, 치안을 시작해서 걱정을 만들려면 끝도 없었다.

어린 시절 위험은 하나의 도전이었다. 차고에서 뛰어내리기를 시도했다. 땅과 발끝을 바라보고 있으면 다리가 후들거렸다.

'떨어지면 괜찮을까?'

짧은 몇 초 동안 생각은 수많은 두려움을 낳았다. 오줌을 지릴 것 같은 두려움을 깨고 뛰어내렸다. 땅바닥에 발바닥이 닿았을 때 전율을 느꼈다.

"야호! 해냈다."

다이빙을 배울 때도 이와 같았다. 뛰기 전까지 수많은 두려움이 몸을 붙들었지만 물 위로 뛰어내리는 순간, 몸을 감싸는 시원한 물방울은 두려움의 허물을 벗게 했다.

걱정의 보따리를 붙들고 있기보단 간절히 원했다. 독일로 향한 비행기에 올랐다. 3명의 친구와 유럽 배낭여행을 하고 돌아왔다. 이탈리아의 게스트하우스가 아니라 누런 장판에서 눈을 떴을 때 생각했다.

'구속밖에 모르던 아버지가 어떻게 자유를 허락해 줄 수 있었을까?'

그동안 아버지를 원망했다. 자연을 걸으며 생각했다. 아버지는 구속을 한 게 아니라 데이비드 샐린저의 《호밀밭의 파수꾼》이었다.

'아버지가 아니었다면? 지금의 내가 존재할까?'

구속하는 것은 오직 자신이다. 알을 깨고 나와야 하는 나의 몫이었다.

엄마가 되기 위해 알의 껍질을 깨고 나와야 했지만 하루아침에 깨지지 않았다. 자연에서 틈이 생겨 껍데기가 허물을 벗기 시작했다. 행복이란 자신의 있는 그대로 모습을 받아들이는 것이다. 칼처럼 못생긴 발도 신체의 한 부분이다. 인생을 걸어온 모난 발이다. 동상에 걸려 퍼렇게 질려 있어도 그냥 내버려 뒀다. 남편은 양말을 신겨주었다.

자신을 사랑하는 것은 세상의 잣대에 맞춰진 욕심을 버리고 자신을 인정하는 것이다.

CT 검사를 할 때 조형제를 맞게 된다. 혈관을 타고 주사액이 들어오면 목구멍으로 맛이 느껴진다. 검사실에 들어가 물어봤다.

"조형제가 들어갈 때, 맛이 느껴지는데 원래 그런 건가요?"

"정말요? 아주 예민한 사람만 느낄 수 있는 거예요."

하긴, 주사 맛을 느낄 수 있는 사람은 많지 않을 것이다. 나는 극히 예민한 사람이었다. 한강의 《채식주의자》 책을 읽고 한동안 음식을 목구멍으로 넘기지 못했다. 그동안 예민함을 평범함으로 가장 하려 했다. 몸에 맞지 않은 소라를 등에 짊어지고 가는 소라게였다. 나답게 살아가는 것은, 인정하고 받아들이는 것부터 시작된다. 어릴 때 희귀종이라는 별명이 있었다. 다른 말을 바꾸면 특별하다고 말할 수 있다. 드넓은 우주 공간, 창백한 푸른 점, 대한민국, 특별한 엄마로 살아간다. 결코 보잘것없는 사람이 아니다. 생사고락은 언제나 함께 존재한다. 어려운 수학 문제를 푸는 것처럼 생의 문제를 하나씩 풀어간다. 이것이 행복이라는 것을 알게 되었다.

자연에서 성장하는
아이들

산으로 둘러싸인 곳에서 자랐다. TV에서 나오는 광고 식품 하나 구경할 수 없는 곳이었다. 여름에 하얀 쌀밥에 물을 말아 김치를 올려놓고 먹는 것이 전부였다. 동생과 깨진 그릇에 흙을 담고 돌로 이파리를 짓이기고 놀았다. 소나무 숲에 할아버지는 동생과 나를 위해 그네를 만들어 주었다. 그네를 타면 하늘과 딱 붙을 것 같았다.

'저 하늘 뒤편에는 무엇이 있을까?'

위로 더 위로 높이 더 높이 날아가고 싶었다. 우리에게 또 다른 친구 하나가 있었다. 바로 노랑이라는 진돗개였다. 가끔은 노랑이가 개인지? 사람인지? 착각할 정도였다. 노랑이가 5마리 새끼를 낳았다. 노랑이 닮은 누런색도 있었고, 솜털처럼 하얀 강아

어떻게 살 것인가?

지도 있었다.

'생명이란 이리도 신비하단 말인가?'

쭉쭉 늘어진 젖을 어미 품에 끼어들어 빨아 먹었다.

'얼마나 맛있을까?'

나도 새끼 틈을 비집고 들어가 같이 빨아 먹고 싶은 충동을 느꼈다. 눈뜨지 못한 강아지를 품에 안으면 따뜻한 온기가 전해졌다. 손바닥만 한 새끼가 들숨, 날숨 숨을 쉬었다. 노랑이는 제 새끼를 건드려도 가만히 두었다. 누구보다 영리한 친구였다. 자연에서 자란 아이가 도시에 갔을 때 아이들은 이름 대신 별명을 불렀다. 꼬리를 흔드는 노랑이 같은 친구를 만나지 못했다. 노랑이는 한쪽으로 난 털처럼 한결같았다. 도시의 친구들은 털실처럼 색깔도 다양했고 결도 달랐다. 처음에는 무리에 들어가고 싶어 도시락을 들고 결을 맞추려고 했다. 결국 슬리퍼를 신고 교문을 나왔다. 학교 뒤 공원에서 도시락 뚜껑을 열고 고춧가루가 뿌려진 멸치 대가리를 씹어 먹었다.

'눈앞에 없는 노랑이를 그리워하며.'

자연이 없는 도시의 생활은 작아진 신발과 같았다. 성인이 되고 도시에 익숙해졌을 때도 자연이 그리웠다. 뒷산을 올랐다. 때로는 버스를 타고 먼 산을 가기도 했다. 물병 하나도 챙기지 않고 해발 720.6m 산을 고무신 하나 신고 올라갔다. 산에 푹 안기고 싶었다. 남편을 만나고 산에 올랐다. 경사가 높은 곳에서 남편은 손을 내밀었지만 잡지 않았다. 결혼하고 남편이 물었다.

"그때 손 안 잡았어?"

"왜? 내 힘으로 갈 수 있는데 손을 잡아?"

내가 산에 미쳐 있었다면 남편은 바다에 마음을 두고 있었다. 남편은 어린 시절 밭에서 물에서 뛰어놀았다. 산과 물이 만나 아이를 낳았다. 남편과 등산했던 산이 보이는 곳에 집을 지었다. 집 앞으로 물이 흐른다. 아이의 아침은 분주하다. 제일 처음 눈이 가는 곳은 책이다. 책 읽으며 밥을 먹은 다음 그물망을 들고 뛰어간다. 몸짓이 날아가는 배추흰나비만큼 가볍다. 망을 친다. 그 뒤로 동생이 따라간다. 안나는 노란색과 검은색 줄무늬를 지닌 벌과 같다. 아이들은 자연에서 고유한 색이 드러난다. 희귀종, 누구와 같지 않다. 같아질 수 없다. 독특한 인격체로 성장한다. 이곳은 학원이 없다.

학원 강사였을 때 아이들이 안쓰러웠다. 학교가 끝나면 아이들은 무거운 가방을 어깨에 메고 들어왔다. 손에는 저녁을 대신하는 빵과 우유가 들려 있었다. 밤 10시 30분이 되면 학원의 불이 꺼졌다. 한참 뛰어놀아야 하는 아이들은 학교 책상에서 학원 책상으로 공간 이동을 했다. 밤이 되어도 아이들 책상은 불이 꺼지지 않는다. 숙제가 기다리고 있기 때문이다. 새벽별을 보고 잠든 아이는 다시 아침 햇살과 함께 시작된다. 학교, 학원, 숙제의 수레바퀴를 돌고 돈다. 주말이면 학원에서 보충 수업을 한다. 아이들에게 공부도 중요하지만, 책을 많이 읽으라고 했다. 맨 앞에 앉은 복숭앗빛 아이가 미소를 지으며 말했다.

"선생님, 책 읽을 시간이 없어요."

핑계가 아니다. 정말 아이들은 책 한 권 읽을 시간조차 없었다. 일주일에 한 권, 수업시간 5분을 남겨 두고 한 권의 책을 소개했다. 시간이 없다고 했지만, 아이들은 책을 읽고 와서 쉬는 시간 이야기했다. 어쩌면, 나의 욕심으로 아이들이 운동장을 뛰어놀 시간을 더 빼앗아 버렸는지도 모른다.

'나는 어떻게 공부했던가?'

공부에 담을 쌓고 살았다. 한마디로 꼴통이었다. 누군가 발로 차면 텅 빈 캔처럼 뒹굴었다. 다만, 늘 책을 가까이하던 아버지를 보고 자랐다. 중학교 수학 시간이었다. 문제를 풀라고 했다. 선생님이 교과서 아래 깔아놓은 소설책을 봤다. 책 제목을 보고, 선생님이 말했다.

"이런 책도 읽니?"

수업시간에 성인소설책을 읽고 시와 노랫말 가사를 베껴 썼다. 선생님 칠판은 머릿속에 안 들어갔지만 책은 얼음 조각처럼 깊이 파고들어 차갑고 고독한 상처를 즐겼다.

　만약 도심에 살았다면 학원을 보냈을 것이다. 좀 더 똑똑한 아이로 키우기 위해 안테나를 세우고 정보수집을 했을 것이다. 시골에 와서 아이는 자연 속에 유영한다. 교과서로 살아가는 세상이 아닌, 자신의 주인이 된다. 처음 이사 왔을 때 아이의 피부에 밴드가 떨어지지 않았지만 이제 피가 나도 밴드를 붙이지 않는다. 상처가 아문 자리에 또 다른 상처가 생긴다. 햇빛과 상처가 마주한 자리에는 소나무껍질처럼 단단해졌다. 안나도 마찬가지다. 넘어지고, 다쳐도 다시 일어난다. 아이에게 밴드는 사치가 되었다. 집 뒤는 누군가의 산림 훼손으로 돌산이 그대로 드러났다. 바위가 굴러 떨어지는 위험에 그대로 노출되어 있다. 위험이 놀이터가 되었다. 아이는 맨손으로 돌산을 기어오른다. 그 뒤를 안나가 기어오른다. 탄광의 아이처럼 치아만 빼고 까맣다. 마치, 희귀종이라 불렸던 엄마 모습과 같다. 구멍 난 옷은 아이들에게 자랑이며, 몸에 새겨진 상처를 영광스럽게 생각한다. 주말에 조카가 놀러 왔다. 분홍색 원피스를 입고 놀다 하얀 다리에 상처가 났다. 반창고를 붙이고 집안으로 들어왔다.

　　　　　　　　　　　　어떻게 살 것인가?

"휴대전화 볼래요."

"그래, 그만 놀고 들어와."

삼겹살을 굽고 있던 동생이 말했다. 그 말을 듣고 색깔이 다른 고모가 말했다.

"밖에서 뛰어놀아. 햇살도 받고 넘어지기도 하면서 뛰어놀아. 그래야 튼튼해져."

요한이와 안나가 달려와 조카의 손을 잡아 주었다. 옆에 기저귀를 차고 있던 조카도 따라 나갔다. 잔디 위에 날아다니는 하얀 나비를 향해 손을 뻗었다. 조카의 하얀 얼굴에 햇살이 쏟아진다. 손뼉 치며 웃었다. 요한이가 물풀을 헤치고 어망을 건져왔다. 양동이에 들어 있는 물고기를 보여준다.

"이건 버들치라는 물고기야. 1급수에서만 살아. 다시 자연으로 보내주고 올게."

성인의 팔뚝만 한 쏘가리를 낚시로 잡았을 때도 불룩한 배를 보고 말했다.

"아빠, 엄마 쏘가리인 것 같아요. 놔줘요."

아이를 가르치지 않는다. 자연에서 배우고 성장한다. 아이의 스승은 자연이다.

고전문학을 듣는다

어린시절 아버지는 동화 테이프를 사줬다. 한번 들으면 끝났을까? 아니다. 테이프가 늘어지도록 들었다. 귀를 쫑긋하고 들어도 놓치는 부분이 있었다.

'왜 이 부분을 놓쳤을까?'

들고 또 들었다. 들을 때마다 이야기는 새로웠다. 그중 기억에 남는 이야기는 너새니얼 호손의 〈큰 바위 얼굴〉이다. 어니스트는 큰 바위 닮은 위대한 인물이 나타난다는 전설을 듣고 자랐다. 그는 큰 바위 얼굴을 기다렸다. 시간이 지난 후 기다렸던 큰 바위 얼굴이 나타났다. 바로 어니스트 얼굴이었다. 어린 시절 버스를 타고 장이 열리는 곳을 갔다. 장날만 맛볼 수 있는 설탕이 뿌려진 꽈배기보다 고개를 들어 산머리를 봤다. 장을 감싸고 있는 산 위에 바위가 있었다. 그 바위를 이야기 속 큰 바위 얼굴이라고 생각

         어떻게 살 것인가?

했다. 바위 속에 사람의 얼굴을 찾아보았다. 아무리 봐도 사람을 닮은 구석이 하나도 없었다. 어니스트처럼 숨은그림찾기를 했다.

'큰 바위 얼굴은 어디에 있을까?'

세상 끝까지 찾아가 보고 싶었다. 동화 이야기 테이프를 들으면 상상했다. 아이가 태어나고 천장에 흑백 모빌을 달아놓았다. 수술을 앞둔 엄마의 속은 칠흑같이 어두웠다. 다만, 속싸개에 싸여서 꾸물꾸물 움직이는 아기는 환한 빛을 뿜고 있었다.

'아기를 위해 해줄 수 있는 일이 무엇이 있을까?'

책을 들어 읽기 시작했다. 프란치스카 비어만의 《책 먹는 여우》를 읽었다. 백희나의 《구름빵》을 읽으며 구름빵 위로 붕붕 떠올랐다. 책을 읽으면 아기와 여행을 했다. 입원 가방을 쌀 때도 책가방이 더 컸다. 문화센터 갈 수 있는 여유가 주어지지 않았다. 다만, 책을 읽을 수 있는 공간은 허락되었다. 젖을 물리고 책을 읽었다. 엄마인 내가 해줄 수 있는 전부였다. 퇴원하고 트리나 폴러스의 《꽃들에 희망을》에 나오는 애벌레 탑처럼 책을 쌓아올렸다. 아이는 밥을 먹지 않아도 책은 입맛을 다시며 읽었다. 엄마가 자리에 눕게 되자 책을 읽을 수 없었다. 누워서 생각했다.

'책을 읽어 줄 수는 없어도 들려줄 수는 있다.'

책과 CD가 있는 책을 구매했다. 엄마가 할 일은 순서대로 책을 두고, CD를 갈아주는 일이었다. 아이는 순서대로 책을 읽었다. 아파트 벽면은 책장으로 채워지고 바닥은 책 탑이 쌓여 갔다. 자연에서, 헨리 데이비드 소로의 《월든》 책을 펼쳤다. 별빛 가득한 밤하늘에 소로가 말을 걸어왔다.

'아이랑 《일리아드》를 읽어봐.'

'초등학교 1학년 아이에게 어떻게 고전문학을 읽게 할 수 있을까?'

고민했다. 책을 읽지 못하는 상황에 CD를 들려줬다. 그렇다면, 오디오북에서 《일리아드》를 찾으면 된다. 졸린 눈을 비비고 2층 계단을 올라가는 남편에게 말했다.

"여보, 《일리아드》 들려주고 싶은데, 찾아봐도 없어. 자기라면 찾을 수 있을 것 같아. 도와줘."

"자려고 했는데, 당신이 부탁하니, 해볼게."

충혈된 눈을 비벼가며 검색을 하던 남편이 말했다.

"찾았어. 하하하."

'콜럼버스가 신대륙을 발견했을 때 이런 기분이었을까?'

《일리아드》를 들려줄 수 있다는 설렘으로 잠을 이루지 못했다. 새벽이 밝아왔다. 잠을 자지 않았는데 몸은 깃털처럼 가벼웠다. 아침 7시 졸린 눈을 비비며 일어난 아이가 품으로 들어왔다. 힘이 넘치는 아이의 까만 머리카락을 쓸어 올리며 말했다.

"요한아, 어제 아빠가《일리아드》오디오북을 구해 주셨어. 들어볼래?"

"아, 그래요? 한번 들어볼게요."

주방에서 아침을 준비하는 동안 책을 보며 오디오북을 들었다. 다시 아이를 봤을 때, 손에 들고 있던 책을 내려놓고, 오디오 앞에 대자로 누워 눈을 감고 듣고 있었다. 아침을 먹을 때는 입으로 밥을 먹지만, 언어를 먹는 것처럼 보였다. 책가방을 메고 현관문을 열 때 아이가 질문했다.

"엄마, 그런데 왜 그리스를 아카이라고 불러요?"

"엄마도 정확하게 알지는 못하지만, 아마 그 시대에 그리스를 아카이라고 불렀던 것이 아닐까?"

아이의 질문에 정확한 대답을 해줄 수는 없다. 다만, 질문을 들을 때면 강아지처럼 꼬리를 흔든다. 아이는 질문은 이해의 시작이다. 4살 때, 그리스 로마 신화를 책과 CD로 읽었다. 7살에는 그리스 로마 만화책을 찢어질 때까지 봤다. 책 표지가 찢어진 것을 보고 남편이 말했다.

"책을 잘 봐야지 이게 뭐냐?"

"여보, 그게 무슨 말이에요. 책이 찢어질 때까지 봤구나! 칭찬

107

해야지요."

"아, 그런가? 듣고 보니 당신 말이 맞네."

"요한아, 이번에는 글 밥이 많은 그리스 로마 책을 볼까?"

"네."

그리스 로마 전집을 중고로 구매했다. 상자에 든 책을 보고 아이가 말했다.

"벌써부터 군침이 도는데요."

상자는 여는 순간, 아킬레우스 책을 들어 코를 묻었다. 책을 읽고 난 뒤 백과사전 책을 들춰 보며 아킬레우스 방패와 갑옷을 종이 상자로 만들었다. 자연에서 뛰어노는 아킬레우스가 되었다. 《일리아드》로 시작한 고전문학 듣기는 지역 도서관 오디오북을 적극적으로 활용했다. 낚시를 좋아하는 요한이는 헤밍웨이의 《노인과 바다》를 몇 번이고 반복해서 들었다. 아이는 쿠바로 낚시 여행을 떠나고 싶다고 말했다. 들으면서 바다 위의 거대한 청새치를 그렸다. 그림은 스케치북 한 장을 그리지 않는다. 열 장을 붙여 그리기도 하고, 때론, 재활용 종이 상자를 이용한다. 안나는 생텍쥐페리 《어린 왕자》를 듣고 질문했다.

"엄마, 어린 왕자는 왜 뱀하고 있었어요? 뱀한테 물리면 죽는데."

어떻게 살 것인가?

"왜, 그랬을까?"

질문에 백지를 제시하고 더 많은 생각을 할 수 있게 한다. 아이들은 집에서 고전문학을 듣는다. 빅토르 위고의 《레미제라블》, 괴테의 《파우스트》, 셰익스피어의 《햄릿》, 《리어왕》, 《맥베스》, 단테의 《신곡》과 같은 인간의 깊은 심연의 작품을 듣는다. 누군가 아이들에게 너무 일찍부터 노출하는 것이 아니냐고 반문할 수 있다. 그럼 나는 이렇게 대답할 것이다.

"TV가 주는 영상물을 대신해서 아이에게 오디오북을 들려줍니다."

아이가 질문했다. 질문을 피해 갈 수 없는 올가미와 같았다.

"엄마, 햄릿이 죽느냐, 사느냐 그것이 문제로다 말했잖아요. 그 말이 무슨 말인 것 같아요? 먼저 제 생각을 말할게요. 다음은 엄마 생각을 말해주세요. 햄릿이 왜 죽느냐 사느냐를 말했느냐면은요. 사는 것은 고통과 고난의 연속이에요. 그런데 죽으면 아무것도 없어요. 생각조차 할 수 없는 거죠. 그래서 고민을 했던 것이에요. 이제 엄마의 생각을 말해주세요."

"엄마는, 솔직히 한 번도 생각해보지 않았어. 조금 더 깊이 생각하고 대답할게."

햄릿의 날카로운 검을 내밀었다. 질문에 대한 대답을 아직도

하지 못했다. 거실 창문에서 글을 쓰고 있으면 아이가 다가와 말한다.

"제가 보기에는 엄마는 책을 더 많이 읽어야 할 것 같아요. 특히 자연, 과학 분야에 대한 책을요."

아이의 눈은 모든 것을 꿰뚫고 있다.

'아이의 날카로움은 어디서 오는 것일까?'

안나가 오필리아의 노래를 부른다.

"의심하고…. 의심하고…."

우리는 삶의 기적이다

학부모가 명함을 내밀었다.

"학교보다 홈스쿨이 아이를 위해 더 좋을 수 있어요. 이곳으로 전화해 보세요. 홈스쿨 하는 사람이에요."

전학 온 얼마 안 되었을 때 일이다. 아이는 관심을 끌기 위해 친구들에게 불편함을 주었다. 자연으로 이사 오면 놀이터에서 했던 행동들이 자연스럽게 사라질 거로 생각했다. 하지만, 새로운 환경에 적응하기 위해서 거침없는 행동을 했다. 담임선생님이 상담실로 불렀다.

"어머님, 아이의 기초 생활 습관부터 바로 잡아 주세요. 또한, 다른 사람을 불편하게 하는 행동을 하지 않도록 주의를 시켜 주세요."

한 달 뒤 담임선생님을 상담실에서 다시 만나게 되었다.

"어머님, 가르치는 것은 제가 할게요. 어머님은 그저 사랑만 주세요. 지금 아이는 뿌리가 뽑혀 다시 심어진 나무와 같아요. 어머니의 사랑으로 정성껏 돌봐 주세요. 부탁드려요."

선생님의 도톰한 손이 삐뚤어진 나무토막 같은 손을 잡았다. 손을 뿌리치고 도망가고 싶었다.

'죄책감으로 가득 쌓인 곳간을 어떻게 치워야 할까?'

내가 해야 할 일이었다. 엄마가 할 일은 방바닥을 닦고, 설거지하고, 빨래하는 것이 아니었다. 중요한 것은 아이의 마음을 알아주는 것이다. 그동안 아이의 마음을 외면했다. 엄마 편한 대로 하려고 했다.

"위험해. 하지 마."

이렇게 시작한 말은 끊임없이 아이를 괴롭혔고, 엄마 자신을 괴롭혔다.

"왜 엄마 말을 안 듣는 거야!"

소리치고, 붉은 손바닥 도장을 등에 내리쩍었다. 엄마의 감정은 상하 불규칙한 그래프처럼 날뛰었다.

'언제쯤 나는 진정한 엄마가 될까?'

자연에 와서도 엄마는 계속 방황했다.

엄마가 되기 위해서는 배워야 했다. 배우기 위해서는 현재를

어떻게 살 것인가?

바로 볼 수 있어야 한다. 전학 오기 전 학교 상담 선생님께 전화해서 심리상태를 검사 하고 싶다고 말씀드렸다. 학교에 가서 심리상담을 받았다. 결과지를 보면서 선생님이 말했다.

"아이가 책을 좋아한다고 했죠? 아이는 그림만 볼 뿐, 전혀 이해하지 못하고 있어요. 모든 검사지에서 집중력 최하가 나왔어요. 다만, 이상한 것은 아이의 회복탄력성이 높게 나왔어요. 데이터가 다 정확하다고 말할 수 없지만, 일단 병원에서 치료받는 것을 조심스럽게 권해요."

아이의 거침없는 행동을 지적할 때마다 핑계를 댔다. 집으로 돌아오는 차 안에서 생각했다.

'병원이 아니다. 엄마다. 있는 그대로 아이를 사랑하는 것. 거기서 시작되는 것이다.'

백미러로 아이를 보며 말했다.

"요한아, 네 잘못이 아니야."

중학교 체력장 시간, 신발 끈을 묶고 100m 달리기를 23.8초로 들어왔다. 체육 선생님이 다시 뛰라고 했다. 23초에 들어왔다. 다만, 이어달리기는 자신 있었다. 목구멍까지 차오르는 숨을 눌러가며 뛰었다.

'할 수 있어. 이대로 포기할 수 없어. 계속 달리면 되는 거야. 인생도 이와 같을 거야. 힘들다고 주저앉지 않을 거야. 나는 달릴 거야. 지금처럼 이를 악물고 달릴 거야. 100m 달리기는 꼴등이지만, 이어달리기는 할 수 있어.'

심리상담 결과를 담임선생님께 말씀드렸다.

"8년을 고생했으니, 8년을 노력하세요. 짧게 생각하면 어렵지만, 길게 생각한다면 여유 있게 갈 수 있어요."

대학병원에 심리상담을 예약했다. 8개월 뒤 진료가 가능했다.

'8개월을 8년처럼 살아 볼까?'

엄마 중심의 육아를 내려놓았다. 처음에는 아이를 업고 달렸다. 뛸수록 이어 달리기처럼 힘이 났다. 도중에 만나는 나약함의 유혹도 뿌리쳤다.

'8개월 뒤 우리는 병원을 갔을까?'

아니다. 업고 있던 아이를 내려놓았다. 이제 손을 잡고 자연을 걷는다. 아이의 꿈은 물고기 박사다. 도서관에서 정약용의《자산어보》,《물고기 도감》,《낚시 물고기 도감》책을 펼쳐 읽는다. 엄마에게 질문을 던졌다.

"엄마, 상어는 부레가 있게요. 없게요?"

"모르겠는데?"

"그럼, 찍어봐요. 있게요? 없게요?"

"있어."

"땡! 틀렸어요. 상어는 연골어류로 부레가 없어요. 왜냐하면, 간이 다른 물고기보다 커서 부레를 대신해요. 간의 지방질이 물보다 가볍거든요. 다만, 몸을 쉴 새 없이 움직여야 해요. 엄마, 내일 또 물어볼게요. 왜냐하면, 공부는 반복 학습이기 때문이에요. 그래야 뇌에 저장돼요."

'엄마의 낡은 기준으로 아이를 바라봤다면 가능했을까?'

아니다. 자연에서 엄마는 배운다. 사계가 눈에 보이지 않는 공기로 변하듯 엄마도 변한다. 햇살에 바짝 말린 빨래를 개던 남편이 말했다.

"이 많은 옷 중에서 내 옷은 한 장밖에 없어. 다 애들 옷이네."

"그치? 애들이 크면 빨래 돌릴 일도 없을 것 같아. 우리 지금 이 순간에 감사하자."

"듣고 보니, 맞는 말이네."

남녀가 만나 사랑을 해서 조약돌처럼 작고 빛나는 아기를 낳는다.

'아이는 부모의 바람대로 클까?'

아니다. 아이는 숫자가 아닌, 밤하늘의 셀 수 없는 별처럼 다양하다. 그로 인해 부모는 성장한다. 이것이 바로 기적이다.

'부모가 되는 것은 기적을 체험하는 것이 아닐까?'

중요한 것은
눈에 보이지 않아

성난 파도가 바위에 부딪쳐 하얀 물거품이 일어난다. 파도는 쉬지 않고 바위를 때려 부순다. 나는 파도처럼 살았다. 현실의 순응을 거부했다. 싹수가 노랗다는 말이 있다. 어른들이 봤을 때 나는 노랗다 못해 진한 똥 갈색을 띠었다. 친척 동생이 태어났다. 나와 1살 차이가 나니 2살 때다. 민들레 솜털 생긴 아기가 하얀 천 위에 누워 있었다. 아기 손을 보자 입이 떡 벌어졌다.

'이렇게 예쁜 아기가 있다니!'

하얀 피부, 올망졸망한 이목구비, 말랑말랑 손, 어느 하나 신비롭지 않은 것이 없었다. 본능적으로 아기 손을 입으로 가져가 볼살이 흔들리도록 물었다. 아기가 울자, 사태파악을 한 어머니는 손등의 이빨 자국을 흔들어 지웠다. '아기를 물었던 치아의

느낌 때문일까?'

그날을 기억한다. 3살 터울 남동생이 태어났을 때, 아버지 손을 잡고 기와집 문을 열고 들었다. 짙은 황토색 문틀을 넘어갈 때 생각했다.

'지금과 다른 날일 거야.'

어머니의 얼굴보다, 동생의 얼굴을 본 순간보다, 발로 밟았던 나무의 느낌이 생생하다. 동생은 나와 달리 순하게 자랐다. 동생이 삼겹살에 술 한 잔 걸치며 말했다.

"매형, 저는 누나한테 맞는 것이 싫어 형이 있었으면 좋겠다고 생각했어요."

"처남도 그랬구나."

가족은 알고 있었다.

'저항의 뿌리를….'

망각 속에 특별한 건 없다. 다만, 초등학교 때, 키 작은 친구들을 괴롭히는 덩치 큰 아이와 한번 몸을 부딪치며 싸웠다. 아이들은 그날의 모습을 반가로 만들었다.

"이묘형은 히맨, 맞서 싸운 기량."

중학교 때 여드름이 많이 났던 남자친구가 별명을 불렀을 때, 주먹을 들어 위협했다.

어떻게 살 것인가?

그 뒤로 녀석은 눈을 쳐다보지 않았다. 고등학교 때, 사슴처럼 생긴 아이가 다짜고짜 따발총처럼 말했다. 말이 느린 나는 손바닥으로 입을 막아 버렸다. 머리보다, 몸이 먼저였다. 합기도, 유도, 씨름도 했다. 연필은 성난 파도를 하얗게 부쉈다. 시험이 끝나면 머릿속에 있는 것도 파도처럼 부서졌다. 머릿속에 아무것도 존재하지 않았다. 법전을 펴고 공부할 때도 그랬다. 다음 장으로 넘어가면 무아경지에 홀로 서 있었다. 혼자인 자신을 파스텔로 그렸다. 눈에 글썽거리는 눈물을 그렸다. 겨울이면 동상에 걸려 보랏빛 검은 퉤퉤 한 발을 그렸다. 펄 벅의 《대지》에 나오는 왕릉 아내의 발이었다.

'이렇게 슬픈데 왜 아내의 발이 못생겼다는 생각이 드는 것일까?'

대지의 내용보다 아내의 발이 더 선명하게 기억난다. 신발을 사면 구멍이 났다. 처음에는 오른쪽 신발에 구멍이 먼저 나고, 다음에는 왼쪽 신발에 구멍이 난다. 자연으로 온 뒤 구멍 난 신발을 아무렇지 않게 신고 다녔다. 등교하는 아이가 엄마의 구멍 난 신발을 보고 말했다.

"엄마, 바늘로 구멍을 꿰매야 할 것 같아요. 자꾸 벌어져서 안 되겠어요."

"이건 꿰맬 수 없을 것 같아."

아이의 손을 붙들고 눈을 보고 말했다.

"요한아, 중요한 건 눈에 보이지 않아. 중요한 건 나를 지키는 것이야."

노란 통학버스를 타고 가는 아이를 향해 손을 흔들고 산으로 향하며 생각했다.

'과연 나는 자신을 지키고 있는 것일까?'

타인의 말을 정면으로 맞서지 못하고 자신을 바위 돌에 때려 부쉈다. 자연의 꼭대기에서 로댕의 〈생각하는 사람〉이 되어 몸을 비틀고 생각했다.

'나는 언제 분노하는가?'

가족에게 분노했다.

'왜 분노할까?'

자신 마음대로 하고 싶어서였다. 자신을 존중해야 한다. 자신을 존중하면 타인도 존중할 수 있다. 산을 오르락내리락하며 자신과 대화를 한다. 여름이 겨울이 되고, 다시 봄, 여름이 찾아왔다. 모래시계의 시간은 눈으로 볼 수 있지만, 내면의 변화는 보지 못한다. 다만, 언어가 말한다.

"당신을 존경해요."

어떻게 살 것인가?

부모가 아이 앞에서 싸우면 태양을 가리고 식물을 자라게 하는 것과 같다. 처음에는 서슴없이 내뱉었다. 자신을 인정하지 못하고 애정을 확인하려는 아이처럼 행동했다. 남편은 아내의 가시가 돋친 입을 손 막지 않았다. 다만, 굳은살 박힌 손으로 아내의 푸르스름한 발을 주물러줬다. 기념일이라고 특별한 선물을 준비하지 않는다. 매일 고맙다. 사랑한다. 당신이 최고라고 말해준다. 분노로 가득 찼을 때는 보이지 않았다. 자연에 와서 마음의 창문을 닦았다.

　'《심청전》에서 심 봉사가 눈을 뜬 것은 공양미 삼백 석 아닌, 마음의 눈을 뜬 것은 아닐까?'

　사회 구성원의 가장 작은 단위인 가족에서부터 눈뜨기 시작했다.

　'구속이 아닌 자유에서.'

　아이도 구속이 아닌, 자유로 성장해야 한다.

　'부모 눈에 보기 좋은 아이가 아닌, 자유의 성장이 건강한 성장으로 이어지지 않을까?'

　아이는 창공을 향한 연이다. 자연에서 얼레를 푸는 법을 배웠다.

　"버스가 다니는 시골길에서 자전거를 타면 위험하니까 타지 말아라!"

아이는 말을 귓구멍으로 흘려듣고 자전거를 타고 나갔다. 이웃으로부터 위험해 보인다는 문자를 받았다. 남편은 아들과 낚싯대를 던지며 말했다.

"요한아, 자전거 타는 것은 좋은데, 커브 길에서 세게 달리면 차와 부딪힐 수 있어. 소중한 우리 아들이 다칠까 봐 아빠는 너무 걱정돼. 요한이가 자전거 타고 싶은 마음은 충분히 이해가 돼. 그래서 주중에는 마당에서 타고, 주말에는 아빠랑 공원에서 같이 자전거 타면 어떨까? 요한이 생각은 어때?"

"네, 아빠."

한동안 마당에서 자전거를 타고, 주말이면 아버지와 함께 공원에서 자전거를 탔다. 자전거를 자물쇠로 잠가두지 않아도 아버지와 약속을 지켰다. 중요한 것은 자물쇠가 아닌, 마음을 알아주는 것이다. 언제부턴가 동생에게 이런 말을 한다.

"그래서 기분이 어땠어?"

동생의 이야기를 들어주고 이렇게 말한다.

"속상했겠다."

마음을 알아준다.

'만물은 흐른다.'

자연에서 변화한다.

4장

이런 내 삶에도
유쾌한 일들이
가득하다는 사실

남편이 뉴스에 나왔어요

남편의 노동은 초등학교 입학 전부터 시작되었다. 초등학교 때, 경운기를 몰았다. 중학교 때는 배 봉지를 3,000장씩 샀다. 실업계 고등학교를 선택하고 졸업하면 돈 벌 생각을 했다. 농번기에 부모님 농사일을 도와드리며 직장생활을 했다. 화학 공장에서 피부 발진이 생겼을 때, 긴소매를 입고 숨겼다. 우연히 설거지하다 드러난 피고름을 보고 어머니는 눈이 짓무르도록 울었다. 남편은 야간 교대근무를 생활하다, 대학에 입학했다.

'늦게 배운 도둑질이 무섭다고 했던가?'

학문에 뜻은 대학원까지 이어졌다. 연구원에 있을 때, 남편을 만나게 되었고, 대학원 졸업 한 달 앞두고 결혼했다. 남편은 신호등 정확하게 지키는 교과서 같은 사람이다. 나와 정반대다. 대학 친구들이 말했다.

이런 내 삶에도 유쾌한 일들이 가득하다는 사실

"너는 아무래도 외국 사람과 결혼해야 할 것 같다."

그런데 묵은지 같은 남편을 만났다. 신혼 초, 성난 파도처럼 으르렁거렸다. 철썩철썩 때려 부수는 아내를 호수처럼 잔잔한 눈으로 바라봤다. 자연에 와서 황금물결이 일렁이는 논을 바라봤다. 남편에게 말했다.

"자기도 하고 싶은 것이 있어?"

"나는 땀 흘리면서 일하는 게 제일 좋아."

"자기도 하고 싶은 거 있으면 하고 살아. 회사, 집으로 다람쥐 쳇바퀴 돌 듯 살지 말고. 나도 이제 애들 둘 데리고 있을 수 있어."

"그럼 낚시 갔다 와도 돼? 일찍 갔다가 오후 1시에 올게."

"그럼, 그렇게 해."

남편은 녹이 올라오는 20년 된 자동차에 초록색 중고 카약을 올리고 바다로 나갔다. 집으로 돌아올 때는 먹물과 땀방울이 흘러내렸다.

"여보, 오늘 이만큼 잡았어. 많이 잡았지? 손질해서 자기 주꾸미 볶음하고, 갑오징어 쪄 줄게."

신생아처럼 웃었다. 가을의 풀벌레 소리를 들으며 맥주 한잔을 하며 남편이 말했다.

"바다 위에서 일출을 보고 있으면, 뭐라고 해야 할까? 자연과 하나가 된 것 같아. 지상에서 맛보지 못한 또 다른 세계."

남편이 느끼는 바다의 느낌을 줄곧 느끼길 바랐다. 가족을 위해 살던 시간도 중요하지만, 자신을 위한 시간을 갖길 바랐다. 추석날, 음식을 장만하며 이야기꽃을 피우고 있을 때였다. 전을 부치던 남편이 낚시 이야기를 꺼냈다. 부침개 간을 보시던 어머님이 말했다.

"애야, 당분간 바다에 가지 마라. 꿈자리가 안 좋다."

"내일 바다에 가려고 하는데요?"

"가지 마라. 네가 못 가게 해라."

어머니의 눈빛은 부침개 간보다 더 신중했다. 명절을 보낸 다음 날, 바다 간다는 생각에 들떠 있던 남편은 눈앞에서 풍선 줄을 놓친 아이처럼 시무룩해졌다.

"여보, 내일 갔다 오면 안 될까?"

"어머님이 안 된다고 하셨잖아."

"자기가 말 안 하면 되잖아."

"그럼, 내일 도시락 싸놓을 테니 그것 갖고 가. 그런데 내일 물 때는 어때?"

"여덟 물이야. 물살이 센 편이긴 하지."

이런 내 삶에도 유쾌한 일들이 가득하다는 사실

"그럼, 위험할 것 같은데. 다시 생각하면 안 되겠어?"

"금방 갔다 올게."

'아침에 일어나 잠자리를 만졌을 때 오는 불안감은 무엇일까?'

남편한테 전화했다.

"여보, 자기가 싸준 도시락 다 먹었어. 정말 고마워."

"사람 많아?"

"아니, 없어. 조금만 하다 갈게."

불안한 마음은 가시지 않았다. 한 시간 간격으로 전화했다. 모처럼 지인에게 전화가 왔다. 10시부터 10시 27분까지 통화했다. 전화를 끊고 남편한테 전화했다. 통화 중 신호음이 울렸다.

'그럴 리가 없는데.'

등줄기가 서늘해졌다. 30분, 1시간이 넘도록 연락이 되지 않았다. 시계가 12시 2분을 가리켰을 때 남편한테 전화가 왔다.

"구조되었으니 걱정하지 마."

음성이 격렬하게 파동치고 있었다. 전화는 단숨에 끊겼다. 남편의 목소리가 손끝에서 발끝까지 전해졌다. 가만히 있어도 몸이 떨렸다. 아이가 달려왔다.

"엄마, 무슨 일에요?"

"아빠가 구조되었대. 어떻게 해."

넋이 빠진 엄마에게 요한이가 말했다.

"엄마, 119에 전화해 보세요."

119에 전화해서 남편의 이름을 말했다. 설마 했는데 구조대원이 남편 이름을 확인하고 말했다.

"10시 30분경 서해 해상에서 낚시하던 카약이 파도에 휩쓸려 전복되었습니다. 12시 2분경에 구조되어 저체온 증상을 호소하여 지금 구급차로 이동 중입니다."

옆에서 같이 듣고 있던 아이 얼굴까지 우유를 펴 바른 듯 새하얗게 질렸다.

"요한아, 구조되었으니, 병원 가서 치료받으면 될 거야. 걱정하지 마."

하지만, 걱정을 내려놓지 못했다. 좀 더 자세한 상황을 알고 싶어 해양 경찰서에 전화했다.

"구조되어 구급차로 이송하려고 했는데 치료를 거부하셨습니다. 이유는 카약을 싣고 집에 가겠다고 했습니다."

바다에 빠진 것도 충격이었지만, 남편이 병원으로 가지 않고, 카약을 들고 집에 오겠다는 것이 충격을 넘어 분노케 했다. 작은 것 하나도 소중히 여기는 남편의 성격을 안다. 초등학교, 소풍 갔을 때, 다른 친구들이 다 가지고 노는 물총을 어머니에게 사달라고 했다. 하지만 어머니는 돈이 없어 사주지 못했다. 남편은 아무렇지 않게 친구들 무리로 가서 놀았다.

'어머니 마음 아프지 않게 하려고.'

남편이 결혼하고 중고로 자전거와 카약을 샀다. 얼마 전에 자전거를 타다 119 구조대에게 전화가 왔다. 남편이 병원 가지 않고, 자전거를 갖고 가겠다고 했다. 그 모습은 마치 산타할아버지에게 받은 물총을 품에서 내려놓지 못하는 어린아이의 모습 같았다. 자신의 몸보다 돈 주고 산 물건이 더 중요했다. 오후 1시에 오겠다고 했던 남편은 오후 5시가 되어 집에 돌아왔다. 멀리서 남편이 오는 모습을 확인하고, 쓰러지듯 잠들었다. 그동안 부부싸움은 칼로 물 베기라고 반나절 이상 가지 않았다. 카약 사건은 엉겅퀴처럼 질겼다. 며칠 뒤 학교에 갔다. 담임선생님이 아이와 함께 상담실로 불렀다. 선생님은 아이가 수업시간 집중하지 않는다고 했다.

'왜 그랬을까?'

고개를 푹 숙이고 있던 아이의 눈을 바라보며 선생님이 말했다.

"요한아, 너 지금 무슨 생각을 하고 있었어?"

"아빠요."

"왜?"

"얼마 전 아빠가 낚시하다가 바다에 빠졌어요. 아빠가 걱정돼서 아무것도 들어오지 않았어요."

"어머님, 아이에게 충분히 설명해 주셨나요?"

"아니요. 제 감정에 치우쳐 있었어요."

"두 분이 충분히 이야기를 나누시고, 아이에게 설명해 주세요."

아이의 마음을 놓치고 있었다. 남편과 이야기를 한 뒤, 아이에게 이야기했다. 이야기를 듣고 난 뒤 요한이가 말했다.

"아빠, 그럼. 제 소원을 들어주세요."

"소원이 뭔데?"

"카약 팔아요. 더는 바다에 빠지지 않게요."

아이 소원을 들어줬다. 바다와 하늘의 풍경을 가슴에 묻었다. 남편이 맥주를 마시며 말했다.

"여보, 카약이 뒤집히는 순간, 노와 낚싯대가 빠른 속도로 흙빛 바다로 휩쓸려 들어갔어. 그때, 오른손으로 주꾸미 망을 잡아 들었어. 바다 한가운데 둥둥 떠서 헤엄쳐서 나가려는데 한 손으로 헤엄을 치니 앞으로 몸이 나가지 않는 거야. 자기한테 전화했는데 계속 통화 중이었고, 119에 전화했는데 해경이 나를 못 찾

이런 내 삶에도 유쾌한 일들이 가득하다는 사실

았어. 앱을 설치해서 가까스로 발견한 해경이 다가왔는데, 주꾸미 망을 들고 타야 하나? 버려야 하나? 고민하다 카메라가 다른 방향으로 돌아갔을 때, 주꾸미 망을 올리고, 배에 탔어. 이게 바로 내 목숨하고 바꾼 주꾸미야."

남편의 사건은 뉴스와 신문에 나왔다. 화실에서 그림을 그리는데, 화가 선생님이 말했다.

"어떤 놈이 카약 타고 바다에서 낚시하다 구조되었다고 하더라. 명절날 왜 집구석에 있지 않고 바다에서 그 지랄하고 있었는지. 미친놈 아니냐?"

"선생님, 그 미친놈이 바로 남편이에요."

"그놈의 집구석은 미친놈하고 미친년하고 같이 사냐? 잘도 돌아가겠다."

엄마가 뉴스에 나왔어요

아이들이 등교하면 산책하러 간다. 손빨래로 걸어 놓은 빨간색 잔꽃 무늬 원피스가 아로와나의 꼬리처럼 물결친다. 결혼하고 옷은 사치였다. 마트에서 양말 하나 사는 것조차 망설였다. 외식도 없고, 삼겹살 한 점 집에서 구워 먹지 않았다. 빨간색 돼지 저금통에 땡그랑 떨어지는 동전 소리를 들으며 살았다. 아기가 태어난 뒤에도 변함없었다. 다만, 책 사는데 만큼은 아끼지 않았다. 책은 중고로 샀다. 생각해 보면 이유식보다 책을 읽고 사는데 더 많은 시간을 보냈다. 사람의 시선은 관심 분야에 집중한다. 예컨대 임신하면 길거리에서 임산부가 눈에 들어온다. 아이와 있던 병원에 암 환자를 위한 자선가게가 있다. 개인이 사용하던 물건을 기부하면, 봉사자들이 가격표를 달아 필요한 사람에게 판매한다. 휠체어를 밀고 자선가게에 갔다. 언제 퇴원할지 모르는 상

이런 내 삶에도 유쾌한 일들이 가득하다는 사실

황에서 이런 생각을 했다.

'퇴원하면, 이곳에 기부해야지.'

정작 퇴원하고 잊고 살았다.

'나 같은 게 무엇을 할 수 있을까?'

자신을 채찍 했다. 동네 벽화 봉사한다고 했다. 창밖은 아침부터 미세먼지로 누랬다. 보는 것만으로 숨이 꽉꽉 막혔다. 몸은 천근처럼 무거웠다.

'왜 그랬을까?'

삶의 무거움으로부터 해방되고 싶었다. 육체와 정신, 환경의 저항이었다. 미세먼지 속에서 벽을 스케치했다. 아이가 부탁했다.

"엄마 구름 고래를 그려 주세요. 입에 국화꽃을 물고 머리에는 노란 배를 왕관처럼 그려주세요."

쓰레기가 뒹굴었던 골목길이 벽화로 환해졌다. 사람들은 쓰레기를 버리지 않았다. 손끝에서 이룬 봉사로 을씨년스러운 마음도 변했다. 집으로 들어가 상자에 입지 않은 옷과 장난감, 책을 정리해서 자선단체로 보내기 시작했다. 아이도 함께 참여했다. 아이 방에 기부 상자가 하나씩 놓여 있다. 계절이 변할 때 병원에 택배로 보낸다. 택배를 보내면, 또 다른 택배 상자가 도착한다. 지인이 보낸 아이들 옷과 신발이 담겨 있다. 상자에는 가격표가 붙어 있지 않다. 잘 개어진 정성이 들어있다.

자연으로 이사 오고, 지역 도서관의 단골이 되었다. 책도 좋지만, 도서관 카페에서 마시는 한 잔의 커피가 산타할아버지의 선물 같았다. 카페는 음악 대신 책장을 넘기는 소리가 있다. 주문할 때도 소리도 없다. 청각장애인이 운영하는 곳이다. 카페는 깊고 풍부한 커피 향이 가득하다. 청각장애인을 위한 기부 현수막을 보고 생각에 잠겼다.

'내가 할 수 있을까?'

고민하는 것은 하겠다는 신호다. 기부서류를 작성해서 제출하고, 커피 주문을 했다. 뒤에 정장 차림을 두 명의 남자가 서 있었다.

"이 책이 좋을 것 같아. 많은 사람이 공감 할 수 있잖아."

발걸음은 그들의 대화로 끼어들었다.

"책을 좋아하시나 봐요? 그럼 이 책도 읽어 보세요."

"이 책을 쓰셨나요?"

"네."

"아, 반갑습니다. 그럼, 언제 기회가 되면 만나서 이야기할까요? 오늘, 추천도서로 이곳에 오게 되었는데 귀한 인연을 만났네요. 또 봐요."

　　　　　이런 내 삶에도 유쾌한 일들이 가득하다는 사실

명함을 내밀었다. 한 명은 시의원이었고, 한 명은 기자였다. 돌아오는 길, 은행나무 노란 잎이 우수수 별빛처럼 쏟아졌다.

'사람들이 말하는 행운이란 하늘에서 뚝 떨어지는 것이 아닌, 자신이 만들어가는 것이 아닐까?'

빙산의 일각이라는 말처럼 의식 밑에는 무의식이 자리하고 있다.

'욕심을 채우기 위해 타인의 짓밟는 행위로 주머니를 부풀릴 수 있지만, 자신의 내면은 채울 수 있을까? 진정한 부의 의미 무엇일까?'

며칠 후 전화가 왔다.

"카페에 기부해 주셔서 감사합니다. 혹시 시간이 되면 인터뷰 해주시겠어요?"

"네."

고무줄 바지에 구멍 난 양말을 벗고, 검은색 블라우스와 베이지색 정장 바지에 구두를 신고 아이와 카페에 갔다. 지난번에 만난 기자가 앉아 있었다.

"안녕하세요."

"못 알아봤습니다. 어쩐 일이세요?"

"인터뷰하러 왔어요."

"그럼, 오늘 인터뷰한다는 분이세요? 작가님이 오시는 줄 몰랐어요."

"준비하지 않았는데 괜찮을까요?"

"네, 그게 더 자연스럽고 좋아요."

청각장애인을 위한 도서관 카페를 홍보하는 인터뷰였다. 시간은 섬광처럼 지나갔다. 저녁 뉴스에 나왔다. 영상을 보던 안나가 말했다.

"우리 엄마, 아빠는 둘 다 뉴스에 나오네."

아이 말이 맞았다. 뉴스에서 작가로 소개되었다. 처음부터 작가로 살지 않았다. 살다 보니, 내 이야기가 쓰인 책이 세상에 나왔다. 숨기고 싶던 일들은 글 속에 담았다. 이제 세수하지 않은 얼굴도 부끄럽지 않다.

'내가 누구요.'

라고 말할 수 있다. 더는 숨지 않는다. 뉴스에 나온 나는 아이의 어머니요. 또한 이 시대를 살아가는 한 여인이다. 대학 시절 홀로 제주도를 여행할 때, 절벽에 앉아 출렁이는 푸른 바다를 내려다 봤다. 수면 위로 떠오르는 돌고래 떼를 만났다. 그들은 무리였지만, 나는 혼자였다. 가을 바닷바람이 점퍼 속까지 서늘하게 파고들었다.

마흔의 나는 바다에서 숨을 쉬기 위해 머리를 내미는 한 마리

이런 내 삶에도 유쾌한 일들이 가득하다는 사실

의 혹등고래가 되었다.

　자연에서 점프한다. 살기 위해, 숨쉬기를 위해, 꿈을 향해, 자신의 키 보다 더 높이 뛰어오른다.

　'하늘인가? 바다인가?'

　빨랫줄에 매달린 빨간 원피스가 바다를 닮은 푸른 허공을 향해 너울너울 춤을 춘다. 햇볕은 누구에게나 동등하다. 나눔이란, 특별함을 낳는 것이 아니다. 가진 것을 나누는 것이다. 더 중요한 사실은 자신이 만든 행복은 빼앗아 갈 수 없다.

　'악어의 눈물로도.'

　의미 있게 사는 것은 헛될 게 없다.

부모가
효자를 만든다

아이가 다니는 학교는 체험학습을 많이 간다. 월요일 시장체험학습이 있는 날이었다. 전날, 성당 갔다 오는 길에 요한이가 말했다.

"친할아버지댁에 가요."

"그래, 그렇게 하자."

시골길을 달려 밭으로 갔다. 하늘은 먹구름이 가득 차 있었다. 새가 뾰족한 주둥이로 구름을 찌르면 주먹만 한 빗방울이 농작물을 망쳐 놓을 것만 같았다. 시부모님은 내일 장날에 팔 무 작업을 하고 있었다. 요한이는 단 걸음으로 달려가 자신의 다리보다 굵은 무를 뽑기 시작했다. 3대가 무 작업을 했다.

'하늘이 감동한 것일까?'

무 작업이 끝난 뒤 세찬 바람과 빗방울이 채찍처럼 대지 위를 때리기 시작했다. 모두 자동차에 올라탔다. 단, 한사람. 아버님은 무를 실은 경운기를 끌고 집으로 향했다.

안나가 카 시트에 앉아 빗소리와 함께 울기 시작했다.

"안나야, 왜 울어?"

"할아버지만 비 맞으면서 경운기 끌고 가시잖아요."

"아이고 갓난쟁이가 이렇게 속이 깊어. 아이고 이뻐라. 내 새끼."

시어머님은 아이의 마음을 따뜻하게 감싸안았다. 정말로 아이의 눈물은 마음처럼 따뜻했다. 아버님은 왜소한 체격에 반질거리는 살 하나 없이 주름으로 가득하다. 남편은 아버님을 개미처럼 일만 하는 분이라고 말했다. 언젠가 며느리에게 이런 말을 해주었다.

"세상에 거저 되는 것은 아무것도 없다. 자신이 노력하는 것에 따라 결실을 보는 것이다. 그것이 자연 이치고 인간의 삶이다."

허수아비의 헐렁한 셔츠를 입고 경운기에 올라탄 아버님은 담배를 물고 시골길을 달린다. 대지 위에서 아버님은 영화배우 제임스 딘 같다. 하늘의 물 폭탄도 아버님이 가는 길에 고개 숙인다. 시아버지는 존경 그 자체다. 시어머니를 모셔다드리고 집으로 오는 길, 와이퍼가 지나간 자리에 다시 물보라가 물결쳤다. 시속 90km 도로가 앞이 보이지 않아 거북이걸음으로 달렸다. 남편이 말했다.

"요한이 덕분에 무 작업을 딱 맞게 끝낼 수 있었어."

"만약 요한이 아니었다면, 아버님 빗속에서 일하셨겠지요?"

"아마도 그랬을걸. 요한아, 고맙다."

"그리고, 안나가 할아버지를 생각하는 마음도 감동했어요. 어쩜 마음이 그리도 따뜻하니?"

아이의 두 눈이 구슬처럼 반짝거렸다. 시어머님께 잘 도착했다고 전화를 했다.

"애야, 어쩜 애들이 그렇게 마음이 깊다니? 할아버지 도와주는 요한이도 그렇고, 비를 맞으며 가는 할아버지 모습을 보고 우는 안나의 마음도 그렇고. 참, 애들이 지아비 클 때 모습하고 같다. 아범도 어렸을 때 그렇게 컸어. 초등학교도 들어가지 않은 것이 밭에 와서 줄잡아주고."

"다 어머님 덕분이에요. 어머님, 덕분에 그이도 잘 자랐고, 또 애들도 아버지를 보고 자라고. 어머님께 항상 감사해요."

"그렇게 생각해줘서 고맙다. 고마워."

다음날, 아침에 반 카톡이 왔다.

이런 내 삶에도 유쾌한 일들이 가득하다는 사실

'오늘 시장체험 있습니다. 5,000원 봉투에 담아 보내 주세요.'

지갑을 열어봤다. 천 원짜리 지폐 한 장 없었다. 할 수 없이 저금통을 열었다. 백 원짜리, 십 원짜리 동전을 합하니 4600원이 만들어졌다. 동전 지갑도 없어 천 주머니에 동전을 넣어 학교에 보냈다. 생각해 보니, 시장체험에서 할아버지, 할머니를 만날 것 같았다. 소식을 전하기 위해 시어머님께 전화했지만, 장날이라 바빠서 전화를 받지 않았다. 점심시간이 되자 전화벨이 울렸다.

"애야, 요한이와 친구들이 장에 왔더라. 경황이 없어 애한테 풀빵 하나 못 사줬다. 할미가 되어서 이렇게 정신없다. 선생님 뭐라고 했을까? 아이고."

"어머님, 저는 무 작업을 보면서도 아이 시장체험을 잊고 있었어요. 제가 더 정신없어요."

"애 키우는 게 보통 힘든 일이냐. 아무튼, 귀한 갓난쟁이한테 미안해서 어쩐다니? 에구구. 귀한 내 새끼. 애야, 그럼, 애들 오기 전에 밥 두둑이 먹고, 어서 쉬어라."

"예, 어머님."

아이가 통학버스에서 내려 집으로 오는 길은 황금들녘이 물결치는 곳이다. 멀리서 걸어오는 얼굴에 함박웃음이 걸려 있다. 하얀 이를 드러내며 쫄랑쫄랑 달려오는 손에 검은 비닐봉지가 들려 있었다.

"엄마, 오늘 시장체험 갔다가 할아버지, 할머니 만나고, 친구들하고 같이 사진 찍었어요. 그리고 이거 받으세요. 엄마를 위해 샀어요."

검은 비닐봉지 속에 파 한 단과 갈색 포트에 담긴 보랏빛 국화가 웃고 있었다.

"시장에 가서 생각했어요. 엄마가 어떤 것을 좋아할까? 엄마의 모습을 떠올렸어요. 그래서 주방에서 요리할 때 항상 쓰던 파가 생각나서 샀어요. 또, 꽃을 좋아하실 것 같아 국화꽃을 샀어요. 어때요? 마음에 드세요?"

"응, 요한아. 너의 깊은 마음에 감동했어."

무릎을 꿇고 아이를 껴안았다. 아이는 온기 가득한 손으로 엄마의 눈물을 닦아 주었다.

'시장체험을 하다 보면 자신이 먹고 싶은 것이나, 사고 싶을 것이 있었을 텐데 엄마가 더 중요했던 것일까?'

아이가 엄마를 철들게 했다. 주방 창가에 국화꽃을 올려 두었다. 파를 넣은 된장찌개를 끓여 저녁을 먹고, 시어머님께 전화했다. 어머님은 몇 번이나 감탄하시더니 이렇게 말씀하셨다.

"애야, 부모가 효자를 만드는 것이란다."

늘 마음 한 곳에 엄마의 자격이 없다고 생각했다. 십자가 못처럼 아팠다. 아이의 마음이 엄마의 대지를 적셨다. 부모는 아이로부터 배우고, 아이는 부모로부터 자란다.

'자연에서 배워간다.'

아이는 졸랑졸랑 초록색 가방을 메고 가벼운 걸음으로 학교를 향한다. 오늘은 민속 마을에서 메기 잡기 체험을 한다고 했다.

'물고기를 좋아하는 아이는 또 얼마나 신날까?'

교과서를 배우는 것도 좋지만, 체험을 통해 세상을 알아 가는 것도 중요하다. 자연에서 우리는 한 뼘씩 성장한다.

대통령에게
받은 편지

학교에서 요한이가 하얀 스케치북에 종이로 비행기를 접어 왔다. 꼬리 부분에 대한민국 국기가 그려져 있었다.

"엄마, 제가 만든 비행기에요. 선생님께서 종이 위에 꿈을 적으라고 했어요. 그래서 대통령한테 편지를 썼어요. 남북통일이 되기를 바란다고요. 기회가 된다면 애국가를 불러드리고 싶어요."

"그랬구나. 엄마가 편지 읽어봐도 될까?"

"네, 읽어 보세요."

연필로 꾹꾹 눌러 쓴 종이 위에 소원이 담겨 있었다.

'왜? 아이의 꿈은 남북통일일까?'

TV와 신문조차 없는 집에서 정치적인 이야기를 할 때가 있다. 처음에는 그냥 말이거니 하고 넘어갔다. 아이의 생각은 여름

이런 내 삶에도 유쾌한 일들이 가득하다는 사실

의 녹음처럼 짙어졌다. 나무식탁에 놓인 종이비행기 편지를 보고 생각에 잠겼다.

'이 편지의 주인에게 보내야겠다.'

편지를 보낼 때, 종이비행기만 넣기에는 가벼워 아이의 엄마가 쓴 책을 함께 넣기로 했다. 12월 31일 한 해의 마지막 날, 해돋이를 보러 가기도 하고, 제야의 종소리를 들으러 간다. 자연으로 온 다음, 하루하루가 평범하고도 특별했다. 아이를 데리고 우체국으로 갔다.

"요한아, 편지를 편지의 주인에게 보낼 거야."

"엄마, 대통령 할아버지 주소 아세요?"

"응, 청와대로 보내면 돼."

"정말요!"

"요한이 편지와 엄마가 쓴 책과 함께 보내도 괜찮겠지? 책의 주인공이니까."

"그럼요."

노란색 봉투에 주소를 적고 보내기 전에 아이에게 건네주었다.

"오늘의 특별함을 요한이가 만들었네."

소포를 들고 사진을 찍었다. 아이의 표정은 신비로 가득 차 있었다.

'과연, 엄마 말이 맞을까? 편지가 대통령 할아버지에게 전달 될까?'

소포를 우체국 직원에게 건넸을 때, 아이의 눈빛은 확신에 찼다.

"잘 보내 주세요."

우체국에서 편지를 보내거나, 소포를 보낸 사람은 알 것이다. 분류함에 넣어진 뒤, 우체국 문을 열고 나오는 기분을. 겨울의 칼날 같은 바람이 한여름의 계곡물처럼 느껴졌다.

사람들은 고도를 기다리는 것처럼 살아간다. 침대에 누워 있을 때, 나도 그랬다. 창밖에 아침햇살이 밝아오면 이렇게 생각했다.

'오늘도 하루가 시작되었구나.'

오늘을 만드는 것이 아닌, 코뚜레를 하고 수레를 끌고 가는 소처럼 살았다. 하루의 의미를 모르고 해는 저물었다. 하루를 구겨 쓰레기통에 넣었다. 일상을 글로 적으며 새살이 돋았다.

'나같이 보잘것없는 인생도 살아갈 의미가 있어.'

부러진 우산도 고칠 수 있었다.

'생각을 쓰면서.'

완벽한 글이 아니다. 낙서로 시작했다. 아이가 만들어온 종이 비행기에 쓰인 글, 닭이 알을 품듯 품어주고 싶었다. 남편한테 소식을 전하자 이렇게 말했다.

"아이고 맙소사."

아마도 남편은 목덜미를 잡거나, 이마에 손을 얹었을 것이다. 논에 모를 심고, 벼가 자라 수확하는 일률적인 삶을 살았던 남편은 어디로 뛸지 모르는 아내를 만났다. 아마도 남편은 이런 생각을 하며 아침에 눈을 뜨지 않았을까?

'오늘도 아내는 어떤 사고를 칠까?'

밖에 나가면, 물가에 내놓은 아이처럼 불안하다고 했다. 남편을 볼 때마다 친정어머니는 이렇게 말했다.

"미안하네."

처음에 왜 장모님이 눈물을 글썽이며 이런 말을 했는지 이해가 안 갔다고 했다. 그런데 살다 보니, 장모님 마음이 이해가 된다고 했다. 한마디로 나는 사고뭉치였다.

'아이가 만든 종이비행기 편지를 나라의 수장에게 보낼 생각을 어떻게 했을까?'

편지를 보내고 잊고 살았다. 사고 치지 않으면 변기를 붙잡고, 토하고 쓰러졌다. 이젠 아이도 익숙해졌다.

"아빠, 엄마가 쓰러졌어요. 어서 오세요."

아이들은 1층으로 내려가 배를 깔고 누워 책을 본다. 작은 소리에도 예민해져 토한다는 것을 알기 때문이다. 남편은 급하게 달려와 뭉친 근육을 풀어주고, 먹을 것을 만들어줬다.

'나는 왜 이렇게 살아가는 것일까?'

생각을 벗어나 이렇게도 살고 저렇게도 살아간다고 생각한다. 잘못된 인생은 없다. 들에 피어난 풀 한 포기도 오늘의 살아가는 의미가 있다. 쓰러지면, 다시 일어나면 된다. 남편이 말했다.

"사고치고 다녀도 좋으니, 제발 아프지 마."

'순간, 결심했다. 열심히 사고 치기로.'

외출 준비를 하고 있을 때, 헬멧을 쓴 오토바이가 요란한 소리를 내며 돌길을 올라왔다. 우체부 아저씨다.

"무서운 데서 우편이 왔네요?"

"어딘데요?"

"청와대요."

노란 봉투를 전해주고 오토바이는 다시 마을로 내려갔다. 봉투를 아이에게 전해 줬다.

"너에게 온 편지다."

"어디서요?"

"청와대에 계시는 대통령 할아버지께 온 편지야. 네가 먼저 읽어봐."

이런 내 삶에도 유쾌한 일들이 가득하다는 사실

아이는 차에 올라타 카시트 위에서 편지를 읽었다. 편지를 읽은 후 아이가 말했다.

"엄마, 대통령 할아버지한테 편지를 받은 아이는 많지 않겠죠?"

"아마도."

"저는 특별한 사람이죠?"

"그래, 요한이는 정말 특별해."

아이의 눈은 창문을 향했다. 투명한 이슬이 가득 차올랐다.

'아이는 마음에 어떤 수를 놓았을까?'

20년 만에 만난 수녀님

20대 찢어진 청바지에 모자를 거꾸로 쓰고, 자전거를 타고 다녔다. 손톱에는 청량한 빨간 매니큐어를 바르고 성당에 갔다. 마치 백팀에 끼어들어 상대편을 응원하는 모습과 같았다. 검은색 수녀복을 입은 수녀님이 불렀다.

"성당에 이렇게 하고 오면 안 돼요."

물론, 알고 있었지만, 반항심이 생겼다.

'기도하는데 복장이 중요한 것일까?'

미사 시간보다, 불 꺼진 성당에서 십자가에 못 박힌 예수님을 바라보며 있는 시간을 좋아했다. 타인의 시선을 신경 쓰지 않고, 어둠 속에서 마음의 결을 다듬었다. 성당에 새로운 수녀님이 오셨다. 해바라기처럼 동그란 얼굴에 네모난 안경을 쓰고 있었다. 검은색 푹신한 라텍스 신발을 신고 소리 없이 다가왔다. 또, 복

이런 내 삶에도 유쾌한 일들이 가득하다는 사실

장에 대한 지적을 받겠다고 생각했다. 수녀님은 찢어진 청바지를 아랑곳하지 않고, 반달 미소로 말했다.

"수녀원 들어와 차 한잔하고 가요."

수녀원에 들어설 때, 잘 말린 종이 냄새가 났다. 물건은 내일이라도 여행을 떠날 것처럼 간소했다. 말린 행주와 먼지 없는 방바닥, 성모님 앞에 낮은 초가 불을 밝히고 있었다. 수녀님은 물을 받아 가스 불을 켰다. 물이 끓자 수증기가 올라왔다. 백자처럼 단아한 몸짓으로 둥그런 차 통에서 검은색 돌을 깎아 주둥이가 나온 하얀 도자기에 넣었다.

"보이차에요."

티백 차만 마시다, 도자기로 우려낸 차를 마시니, 입안이 얼음처럼 깔끔했다. 차가 목젖으로 넘기는 소리가 꿀꺽하고 났다. 긴장할 때 들리는 소리다.

'상대방도 이 소리를 들을까?'

야단치지 않은 수녀님 앞에서 침 넘어갔다.

"세례명이 뭐죠?"

"베로니카요."

"베로니카, 가끔 수녀원으로 와서 차 한 잔 하고 가요."

수녀님 곁에서 환한 햇살이 쏟아져 내렸다. 유화 그림을 그리다, 인물화를 그리고 싶어졌다. 머리에 하얀 서리가 내린 신부님을 그렸다. 사람에게도 그림에도 기름기가 없었다. 두 분의 신부님을 그리고, 동그란 수녀님을 그렸다. 수녀님은 공부하기 위해 다른 곳으로 떠났다. ktx를 타고 수녀님을 찾아갔다. 수녀님은 그림처럼 웃고 계셨다. 20년 만에 자연에서 만난 수녀님도 쌍둥이처럼 웃고 있었다.

"베로니카, 한 번에 알아보네요."

터미널 수많은 사람 가운데서 수녀님만 보였다.

'보자마자 울고 싶어진 것은 무엇 때문일까?'

재회를 마치고, 터미널 밖으로 나왔을 때, 미세먼지가 가득한 하늘을 원망이라고 하는 듯 이렇게 말했다.

"수녀님, 미세먼지가 심하니, 마스크 쓰세요."

"베로니카, 여기 오니까 숨 쉴 수 있을 것 같아요. 제가 있는 곳은 앞이 안 보일 정도예요."

내비게이션이 말하는 좌회전, 우회전, 방향에 방황하는 모습을 보고, 깜빡이 넣는 법을 알려 주었다. 20대 방황하던 나를 안전하게 인도했던 것처럼.

집에 도착했을 때, 수녀님은 자연을 휴대전화 카메라에 담았다.

"베로니카 그대는 20대에 다른 고민, 다른 생각을 하며 살았

이런 내 삶에도 유쾌한 일들이 가득하다는 사실

어요. 지금도 그대는 사람들과 다른 삶을 살아가네요. 그런데 정말 보기 좋아요."

장을 보지 않아 식탁은 썰렁했다. 고구마를 닦아 오븐에 넣고, 물을 끓여 페퍼민트 차를 우려냈다. 쟁반에 귤을 꺼냈다. 고구마를 굽고, 밥을 눌러 누룽지를 만들었다. 추위가 깃든 식탁 위로 온기가 살아났다.

"그대, 훌륭하군요. 이렇게나 빨리 음식을 준비하고요."

"수녀님, 아무것도 없었는데 식탁이 차려져서 저도 황당했어요."

"꼭 성경의 빵 다섯 개와 물고기 두 마리 같네요."

군고구마 냄새가 집안에 퍼졌다. 아이들은 냄새를 맡고 식탁에 앉아 수녀님과 같이 먹기 시작했다. 아이들 입에 고구마와 누룽지가 들어가는 것을 보고 수녀님이 말했다.

"아이들이 과자가 아닌, 자연에 나온 음식을 잘 먹네요. 정말 대단해요."

"수녀님 특별한 게 없어요. 제가 게을러서 마트에 안 가 집에 있는 거 먹다 보니 이렇게 됐어요."

"마트에서 파는 게 아이들 몸에 좋을 리 없죠. 좋은 환경이네요."

안나는 먹고 난 뒤, 2층 계단으로 다람쥐처럼 올라갔다. 반면, 요한이는 거실 바닥에서 책을 보다 엄마 품으로 들어오기를 반복했다.

"수녀님, 안나는 뚝 떨어지는데 요한이는 사람들이 오면 이렇게 엄마 품에 안겨 있는 것을 좋아해요. 왜 그럴까요?"

"안나는 혼자 있는 것을 두려워하지 않는 아이고, 요한이는 엄마 피부를 느끼고 싶어 하는 것뿐이에요. 어떤 것이 바르다는 것은 없어요. 규정 짓지 말고, 있는 그대로를 인정하는 것이 중요해요. 제가 가르치는 아이가 있어요. 남자아인데 상담 시간을 조정하기 위해 학부모님께 전화했어요. 어머님의 목소리에는 긴장감이 짙어 있었어요. 그때 저는 어머님께 이렇게 말했어요. 어머님, 정말 훌륭한 아들을 두셨네요. 어머님은 당황해 하셨어요. 지금까지 이렇게 말한 선생님은 아무도 없었다고……. 문제 있다고 전화가 왔지 아이를 칭찬하신 선생님은 없었다고요."

수녀님은 중학교 아이들을 가르치고 계신다. 아이는 수업시간 교과서가 아닌, 만화책을 펼쳐 놓고 읽고 있었다. 수녀님은 아이에게 이렇게 말했다고 했다.

"너 훌륭한 작품을 보고 있는구나?"

아이는 당황해하며 수녀님을 쳐다봤다고 했다.

이런 내 삶에도 유쾌한 일들이 가득하다는 사실

"만화책은 종합예술이야. 그림 있지, 글 있지, 생각할 수 있지."

뒤로 아이는 수녀님을 찾아와 자신의 꿈을 말했다고 한다.

"수녀님, 저는 외국어에 관심이 많아요."

"너는 벌써 꿈이 있는구나. 그래, 열심히 해보렴."

아이의 방황은 수녀님의 관심으로 학업에 몰두하게 되었고, 독학으로 외국어를 배운다고 했다. 아이의 실력은 보지 않아도 알 것 같다. 찢어진 청바지를 나무라지 않고, 차를 대접했던 아이가 자신의 길을 걸어가고 있는 것처럼.

미세먼지는 사라지고 솜털 같은 눈이 산과 산을 이어가며 내리기 시작했다.

"베로니카, 강원도에서도 구경 못했던 눈을 여기서 보내요."

눈을 좋아하시는 수녀님은 미세먼지가 있던 날의 눈도 마다하지 않고 밖으로 나갔다. 검은 수녀복 위로 하얀 눈이 떨어졌다. 눈 내리는 마을 사진에 담았다. 함께 있는 시간을 찍었다. 사진속에 웃는 수녀님과 세월의 무게가 달랐다. 다만, 하늘 아래 웃고 있는 미소는 같았다. 수녀님을 터미널에 모셔다드리고, 집에 오자, 하늘은 티끌 하나 없이 푸르고, 파랬다.

시립 오케스트라 단원

요한이는 배움을 스스로 익히는 아이다. 백과사전을 보고, 스케치북을 연장해서 그림 해설을 써놓는다. 책을 읽고, 시를 쓰고, 그림을 그린다. 누가 시켜서 하는 것이 아닌 스스로 한다. 처음부터 그랬을까? 아니다. 유치원 다닐 때 선생님께 전화가 왔다.

"요한이가 한글이 늦어요."

한글 지도를 부탁했다. 한글 학습지를 시작했지만, 선생님이 손발을 들고 그만두었다. 이유는 수업에 집중하지 않고, 그림만 그린다는 것이다. 집중하지 않는 아이를 야단쳐봤지만, 소용이 없었다. 그만두고, 한글을 모른 아이에게 만화학습지를 중고로 사줬다. 한 세트가 아닌, 지인이 알려준 학습지 목록을 다 사들였다. 한 달 만에 여자친구에게 편지를 써서 보냈다. 유치원에서 가장 늦었지만, 스스로 한글을 깨쳤다는 것이 대견했다.

이런 내 삶에도 유쾌한 일들이 가득하다는 사실

아이는 글을 쓰고, 자신의 생각을 말하는 것에 거침이 없다. 전학 온 뒤, 성난 파도가 바위에 부딪쳐 시퍼렇게 멍든 시간을 보내고 2학년이 되었다. 가방을 메고 돌아오는 발걸음에 미소가 한가득하다.

"요한아, 학교가 재미있어?"

"네, 재미있어요."

"뭐가 재미있는데?"

"새로운 것을 배워서 재미있어요. 구구단처럼 외우지 않고, 55와 57 가운데 어떤 수가 들어가야 하나? 배울 때 재미있어요. 무엇보다, 선생님이 사랑의 눈길로 쳐다봐 주시는 게 정말 좋아요."

"선생님의 사랑의 눈길이 어떤 것인지 궁금한데?"

"선생님이 저를 바라봐 주실 때, '그래, 잘하고 있어.' 하면서 용기를 주세요. 그게 참 좋아요."

사랑의 눈길로 배움을 즐기게 되었다.

'집중력 최하, 병원 진료를 권유받았던 아이가 달라질 수 있었던 것은 무엇일까?'

부모, 자연, 학교. 아이가 가진 회복탄력성.

나의 육아는 공기처럼 눈에 띄지 않았다. 다만, 배 속에 있을 때부터 책과 음악을 가까이했다. 그래서일까? 책을 읽는 즐거움을 아이는 알았다. 유치원 졸업식 날 요한이는 장구를 손으로 입으로 몸을 움직이며 쳤다. 연세 많으신 시아버님은 주름진 얼굴로 쳐다보았다. 입가에 미소가 번졌다. 식당에 들어갔을 때, 장구가 있었다. 아이는 주인아주머니에게 말했다.

"장구 한번 쳐봐도 될까요?"

허락을 맡고 장구를 쳤다. 아이는 치는 것을 좋아했다.

리하르트 슈트라우스(Richard Strauss)의 〈차라투스트라는 이렇게 말했다(Also Spracht Zarathushtra) op. 30〉를 연주하는 것처럼 마당에 있는 돌을 망치로 깼다. 모습을 보고 생각했다.

'음악을 배울 수 있다면 좋겠다.'

그때, 지역 문자가 왔다.

'시립 오케스트라 단원 모집. 자격조건, 음악교육을 접해 보지 않은 아이.'

마지막 날까지 고민하다, 아이에게 말했다.

"시에서 오케스트라 단원을 모집하고 있는데, 서류심사하고, 면접시험을 통과해야 할 수 있는데 한번 해볼래?"

"네."

대답은 간단했다. 서류 작성을 해서 제출했다. 금요일 저녁, 서류심사 합격 문자가 왔다. 가슴에 진동이 울렸다.

이런 내 삶에도 유쾌한 일들이 가득하다는 사실

"내일, 오케스트라 면접시험 있는데 요한이 할 수 있겠어?"

"네."

시험장소에 도착했을 때까지 긴장하지 않았다. 다만, 두꺼운 문을 열고, 강당에 들어간 순간, 긴장감이 밀려왔다. 아이는 엄마 팔을 잡고 뒤로 숨었다. 심사위원이 물었다.

"요한아, 왜 그래?"

"한 분이 계실 줄 알았는데 이렇게 많은 분이 계실 줄 몰랐어요."

"아, 그랬구나. 요한이 음악 좋아하니?"

"저는 장구 치는 것을 좋아해요."

면접이 끝나고 발길을 돌리는 순간, 합격과 불합격이 느껴진다. 발표날, 연락이 왔다. 아이에게 물어봤다.

"요한아, 합격했을까?"

"네, 합격했죠!"

"어떻게 알았어?"

"심사위원 선생님 눈빛에서 느낄 수 있었어요."

단원은 파트가 정해졌다. 다만 요한이는 나이가 어려 모든 악기를 접한 후 결정하기로 했다. 아이는 타악기를 하겠다고 했다. 수업이 끝나고 요한이가 말했다.

"엄마, 오케스트라에서 제가 가장 못 해요. 제일 못 하는데 재미있어요."

"그래? 그랬구나. 요한이 참 기특하다."

배우기 위한 것은 재미도 있지만, 참고 인내해야 할 부분이 더 컸다. 오케스트라는 혼자가 아닌, 함께 호흡을 맞춰야 한다. 때론, 힘들어할 때도 있었다. 그럼, 이렇게 말했다.

"요한아, 너무 잘하려고 하지 마. 그것 보다 즐기면서 하는 것이 더 중요해. 못하는 게 잘못된 게 아니거든. 사람은 누구나 틀릴 수도 있어. 중요한 건 즐기는 거야. 배움을 즐기다 보면 잘하게 될 거야. 그렇게 해봐."

"네, 엄마."

고개를 끄덕이며 아이는 오케스트라 가방을 들고 베이스 드럼이 있는 무대 앞으로 나간다. 오케스트라 수업은 일주일에 3시간 한다. 공연 준비를 할 때는 일주일에 두 번 수업이 있다.

공연장에 베이스 드럼 소리가 울려 퍼진다. 장구를 치던 아이, 산에서 망치로 돌을 깨던 아이가 오케스트라 공연을 준비한다. 아이의 내면의 세계가 음악으로 드러났다. 거기에는 수술실에서 겪었던 고통도 있고, 잘못된 육아로 방치 받던 아픔도 있다. 생의 의미는 다양하다. 아이는 음악을 통해 기쁨과 슬픔을 표현하

이런 내 삶에도 유쾌한 일들이 가득하다는 사실

는 방법을 배워갔다. 초등학교 2학년 여름 방학을 하고 오케스트라 무대에 서게 되었다. 150명의 누나, 형들과 함께 무대에 섰다. 객석은 1,000명이 넘게 채워졌다. 150명의 화음 속에 요한이의 베이스 드럼 소리가 무대에 울려 퍼졌다. 공연을 보시던 시어머니의 눈가가 촉촉해졌다.

"수술로 고생하던 요한이가 저렇게 커서 연주하다니, 눈물이 난다."

"어머니 어쩜, 제 마음과 같으세요."

보는 내내 가슴으로 울었다. 아이에게 마음의 편지를 써서 보냈다.

'고맙다, 요한아. 잘 자라줘서.

공연이 끝나고 아이에게 물었다.

"연주할 때, 기분이 어땠어?"

"황홀했어요."

2박 3일 합숙기간 동안 아이는 고열이 났다. 참고 견디며 무대에 올라갔다.

그날 일기장 끝줄에 이런 말이 써 있었다.

'고통 없는 것은 의미가 없다.'

아이는 자신의 언어를 사용할 줄 안다.

아이의 의사결정권

"차에 앉아 있어. 엄마 금방 갔다 올게."

면사무소에 들어가 조기입학 신청을 한다고 했다. 의자에 앉아 있던 직원이 말했다.

"담당자가 회의에 들어가 자리에 없어요. 조금만 기다려 주세요."

그를 기다리며 생각했다.

'조기입학, 한 번 더 생각해야 하지 않을까?'

얼마 전, 저녁을 먹고 아이에게 말했다.

"일 년 더 유치원 다니는 게 어때?"

"엄마 이건, 제 일이니까 제가 결정할게요. 학교 갈게요."

6살 아이의 단호함은 칼날처럼 날카로웠다. 직원이 오고 안내에 따라 신청서를 작성했다. 그때 시골 면사무소의 적막함을 깨는 웃음소리가 들렸다. 파란색 구멍 난 바지를 입은 요한이, 분

이런 내 삶에도 유쾌한 일들이 가득하다는 사실

홍색 별무늬 드레스를 입은 안나가 들어왔다. 아이의 주민등록 뒷번호가 생각나지 않아 남편한테 전화했다. 숫자를 다 적고, 제출했다. 고민했던 것에 비교해 절차는 간단했다. 도장을 찍고, 반쪽 종이를 건넸다.

"조기입학 신청되었습니다."

밤고구마를 먹다 사이다를 마신 기분이었다. 더는 고민할 필요가 없었다. 아이를 믿고, 입학하는 것이다. 갓난아이 젖 먹이던 시간이 화살의 속도처럼 빠르게 흘러갔다. 면사무소를 빠져나가려 할 때, 아이의 손바닥에 동그란 초콜릿이 들려 있었다. 금색 포장지에 모차르트 얼굴이 새겨 있었다.

"어머, 이거 어디서 났니?"

동사무소 직원이 대답했다.

"아이들 예뻐서 제가 줬어요."

"국내에 없는 초콜릿인데…. 감사합니다."

"여행 갔다가 유럽에서 사 온 건데 어떻게 아셨어요?"

시어머니는 농사일하다가도 훌쩍 여행을 떠나시는 분이다. 여행경비를 아끼기 위해 배를 타고 중국과 일본을 오갔다. 한 번은 동유럽을 한 달 가까이 여행하고 돌아오셨다. 그때, 오스트리아 모차르트 생가를 방문하고, 초콜릿을 사 오셨다. 바로 그 초콜릿이었다. 어머니가 여행 다녀오신 해, 안나는 로마 판테온 광장에서 첼로 연주를 듣고, 음악을 배우고 싶다고 했다. 지금껏 문화센터 한번 가지 않았다. 아이가 배우고 싶다고 하니, 고민되었다. 몇 번 하다 그만둘 것 같지 않았다. 시어머니께 전화해서 여쭤봤다.

"어머니, 안나가 음악을 배우고 싶다는데 어떻게 할까요?"

"애야 모차르트도 안나만 할 때 음악을 배우기 시작했다고 하더라. 아이가 배우고 싶다고 한다면 한번 가르쳐 봐라."

4살 아이 손을 잡고 피아노 학원에 갔다. 선생님은 아이에게 이렇게 말했다.

"너 한글 모르지? 한글 모르면 피아노 배울 수 없어."

안나는 충격을 받았는지 형님 반에서 도둑 공부로 한글을 뗐다. 그러나, 피아노 건반을 누르기에는 아직 어렸다. 악기에 몸을 맞춰 시기를 늦추는 것보다, 몸에 맞는 악기를 배우면 됐다. 안나는 10분의 1, 바이올린으로 배우기 시작했다. 일주일에 한번, 바이올린을 배우는 날을 손꼽아 기다렸다. 처음에는 쉬웠지만, 회를 거듭할수록 어려웠는지 연습하며 울었다. 선생님은 아이를 보며 말했다.

"안나야, 바이올린 연주하다 보면 틀릴 수도 있어. 틀려야 배

이런 내 삶에도 유쾌한 일들이 가득하다는 사실

울 수 있어. 안 틀리면 여기 안 와도 돼. 틀리는 것을 받아들이고, 배우는 게 중요한 거야. 여기 오는 언니들도 매일 틀려 그렇지만, 포기하지 않고 연습하며 배우는 거야. 선생님은 틀리는 것을 가르쳐주는 사람이야. 안나가 모르는 것이 있으면 물어봐. 그럼, 선생님이 더 잘 알려 줄게. 그리고 선생님은 안나가 틀렸을 때, 정확히 틀렸다고 말할 거야. 틀렸는데 잘했다고 말하면 거짓말쟁이가 되는 거잖아. 선생님은 거짓말쟁이 되기 싫거든. 하지만, 잘했을 때는 정말 잘했다고 칭찬해줄 거야. 알았지."

안나는 고개를 끄덕거리고, 바이올린을 잡았다.

시골로 이사 오고, 바이올린 학원 가는 시간은 왕복 2시간이 걸린다. 체력이 안 좋은 날, 갔다 오면 어지럼증에 이어 구토가 났다. 남편은 그만두거나 과외를 하라고 했다. 쉽게 가는 방법은 얼마든지 있다.

'왜 힘든 길을 가는 것일까?'

선생님이다. 선생님이 가진 철학이 자석처럼 끌어당겼다. 안나가 안 된다는 곡을 연습하고 말했다.

"엄마, 됐어요! 처음에는 안 됐는데 계속하니까 됐어요."

스스로 해냈다. 한 곡을 완성하기까지 어려운 과정을 이해했다. 피아노 건반의 도 레 미 파도 모르는 엄마는 아무것도 가르쳐

주지 않는다. 다만, 곁에서 연주하는 아이의 모습을 지켜본다. 악보를 펴고 아이는 방에서 귀마개를 갖고 왔다.

"엄마, 귀 아프니까 이거 하고 있어요."

엄마의 아픔을 이해한다. 청력 때문에 귀마개를 하고, 바이올린 연주를 듣는다. 엄마가 아닐 때, 고통 앞에서 쉽게 좌절했다. 엄마가 되고, 거듭되는 시련 앞에 살아가는 방법을 배웠다.

아이는 바이올린을 배우면서 피겨를 배우고 싶다고 했다. 빙산장에 등록했다. 스케이트 신기는 방법을 모르는 엄마 때문에 엄지발톱에서 피가 났다. 아이는 참고 얼음판 위에서 넘어지며 배웠다.

"아프면 말하지 왜 말 안 했어?"

"엄마, 힘들까 봐요."

엄마를 위해 자신의 고통을 참아냈다. 밤 11시가 넘는 시간, 어둠 속에서 울음소리가 들렸다. 무서운 꿈을 꿨던 것일까?

"안나야, 왜 울어?"

아이는 울음을 멈추지 않았다. 실컷 울게 두었다. 머리를 쓰다듬고, 등을 쓸어내렸다. 한참 울더니 이렇게 말했다.

"엄마, 죽지 마."

유치원에 있을 때도 엄마가 죽을까 봐 걱정된다고 했다. 안나

이런 내 삶에도 유쾌한 일들이 가득하다는 사실

는 밤이 되면 자주 울었다.

'죽으면 무덤 속에서 있게 될 엄마가 너무 불쌍하다고….'

우는 아이에게 질문을 던졌다.

"죽으면 무엇이 될까?"

"죽은 다음에 무엇이 될 수 있어요?"

"그건 엄마도 잘 몰라. 한번, 생각해 보는 거야."

"저는 새가 되고 싶어요."

죽음이란 세계를 두고, 자정이 넘도록 이야기했다.

"엄마, 이제 자요. 그리고 고마워요. 죽은 다음에 될 수 있는 것을 가르쳐줘서요."

엄마의 죽음을 두려워했던 아이는 자신이 무엇이 되고 싶다는 것을 결정하는 순간, 자유로워졌다. 아이의 의사결정권은 조기입학에만 있는 것이 아니었다. 보이지 않는 세계까지도 드나들게 되었다.

노랑 할미새의 둥지

아침에 눈을 뜨면 새소리가 들린다.

'어디서 저렇게 예쁜 소리가 나지?'

자연이 주는 선물은 숲처럼 풍성했다. 새소리의 정체는 2층 안 방 화장실 창가에 있었다. 딱새가 둥지를 만들었다.

'매일 고운 노래를 불러 줘서 고마워 딱새야!'

눈으로 말한 순간 딱새는 날아갔다. 더는 딱새 소리가 들리지 않았다. 요한이가 좋아하는 잣을 화장실 창가에 두고 기다렸다. 딱새는 5일 만에 돌아와 노래를 불러주고 날아갔다. 뒤로 딱새 울음소리가 들려왔다. 옥상 근처였다. 겨울이 시작될 무렵에 알게 되었다. 보일러에서 거인의 트림 소리가 나서 AS 기사를 불렀다. 보일러 연통이 새 둥지로 막혀 있었다. 딱새가 오는 봄을 기다렸다.

　　　　이런 내 삶에도 유쾌한 일들이 가득하다는 사실

'그때는 아는 척하지 않을게.'

눈이 녹지 않은 산기슭에 봄이 찾아왔다. 분홍꽃신을 신은 아이처럼 뛰어다녔다.

'겨울이 가는 모습, 봄이 오는 모습이 이런 것이었구나.'

한 살이 더하는 나이까지도 자연은 설레게 했다. 거실 창을 열어 두고 앉아 있으면 새가 날아와 고개를 갸웃거리며 인사했다. 사람의 몸짓에도 날아가지 않고, 앉아 있는 배짱까지 있었다.

새 모이를 집 주변에 뿌리며 딱새를 기다렸다. 창고 옆 뒤편에 유화 캔버스를 정리해둔 것이 있다. 남편이 텃밭을 오가며 새가 왔다갔다 한다고 했다.

'그림을 만지지 말라는 충고였을까?'

캔버스를 꺼내려고 했을 때, 이끼와 흙무더기가 무너져 내렸다. 거기에 새의 둥지가 있었다. 푸른 점박이 딱새 알이 내 손에 의해 깨졌다.

'분명, 조심할 수 있었는데.'

돌이킬 수 없었다. 뒷마당에 앉아 산골이 울리도록 어린아이처럼 울었다. 아이가 달려왔다.

"엄마, 무슨 일이에요?"

"엄마가 딱새 둥지를 건드려서 둥지에 있던 알이 깨졌어."

안나는 엄마 곁에 앉아 고사리 같은 손으로 눈물을 닦아주었다. 요한이는 한숨을 크게 내쉬더니 이렇게 말했다.

"엄마, 어쩔 수 없어요. 이게 바로 생태계라는 것이에요. 우리 둥지를 묻어 주고, 함께 십자가를 만들어줘요."

땅을 파고, 우리는 세 둥지를 묻어 주고 십자가를 세웠다. 요한이는 성호 성을 긋고 두 손을 모아 기도했다. 안나가 말했다.

"엄마, 이제 괜찮을 거야. 걱정하지 마."

기다리던 딱새는 그렇게 보내게 됐다. 안방 화장실에 새의 움직임이 느껴졌다. 나뭇가지가 있던 자리에 이끼가 있더니, 삼 일째 되던 날 완벽한 둥지가 만들어졌다. 둥지의 가장자리에는 여린 풀 초로 엮고, 속적삼 같은 연한 깃털까지 있었다. 관심은 해가 되는 법, 보지 않기로 했다. 아이들에게 새가 안방 화장실에 둥지를 지었다는 말을 했다.

며칠 후 화장실에서 나온 아이가 말했다.

"엄마, 새가 알을 낳았어요."

연한 베이지색에 검은 점박이 무늬가 있었다. 둥지에 새가 알을 낳았다. 그러나, 새는 보이지 않았다.

'어디로 갔지? 부화기를 설치해야 하나? 아니면 드라이기 열을 쥐야 할까?'

이런 내 삶에도 유쾌한 일들이 가득하다는 사실

엉뚱한 생각을 쌓아 올렸다. 아이와 양치질하러 들어갔을 때, 검은색 눈과 마주쳤다.

'얼마의 시간이 흘렀을까?'

화장실에서 양치질하다 어미 새는 날개를 퍼떡이며 위협했다. 자연스럽게 우리는 1층 화장실만 쓰게 되었다. 계약서 없이 새에게 세 주었다. 새는 둥지에 앉아 시계바늘처럼 움직이며 알을 품었다. 주말 아침, 화장실에 갔다 온 아이가 비눗방울 같은 눈빛으로 말했다.

"엄마, 아기 새가 태어났어요."

둥지로 달려갔다. 알의 껍데기는 보이지 않고, 형태 없는 깃털이 둥지에 가득 차 있었다. 생명의 탄생이었다. 새는 하루가 다르게 성장했다. 초점을 맞추고 눈을 봤다. 새는 한 마리가 아닌 두 마리가 왔다갔다 하며 먹이를 먹였다. 아침부터 요란한 새소리에 자다 깬 아이가 한 말이 있다.

"거참, 시끄럽구먼. 소음이네! 소음."

딱새처럼 곱지 않고, 찍찍 울었다. 새의 이름을 알고 싶어 조류도감을 펼쳤는데 찾지 못했다. 머리는 까맣고, 깃털은 참새처럼 갈색이었다. 배는 노란색이고 긴 꽁지가 돋보였다. 남편이 텃밭에 가면 두 마리 새가 번갈아 가며 울었다고 했다. 새의 모습을 보고, 남편이 이름을 찾아냈다.

"노랑 할미새야."

이름을 알게 되었다. 검색으로 알게 된 지식으로 잠자리에서 이야기를 만들었다.

"요한아, 안나야. 우리 집에 사는 새는 노랑 할미새인데 새끼 새가 자라면 아프리카로 떠난대. 작은 몸짓으로 어떻게 아프리카까지 갈 수 있을까? 신기하지? 노랑 할미새는 엄마, 아빠가 부지런하게 아기를 살핀대. 그래서 새 중에서 육아를 가장 잘하는 새로 손꼽히나 봐. 엄마가 이제부터 새 이야기를 들려줄게. 엄마에게 세 번의 새가 있었어. 첫 번째 새는 독일로 가는 새였어. '새는 알에서 태어난다.' 《데미안》의 헤르만 헤세의 새였어. 두 번째 새는 병원에서 누워 있는데 하늘을 나는 새였지. 날아가는 새를 보고 종이 위에 글을 썼어. 그리고 계획했던 일들을 하나씩 이뤄냈어. 세 번째 새는 노랑 할미새야. 엄마는 너희를 낳고, 어떻게 키워야 하는지 몰랐어. 처음 엄마가 되니 모든 게 서툴렀어. 게다가 병원에서 시간을 보내다 보니, 참 쉽지 않았어. 그래서 노랑 할미새가 엄마에게 육아하는 법을 가르쳐 주려고 왔나 봐. 노랑 할미새는 새끼 새의 똥까지도 입에 물고 물가에 버린대. 이유는."

"천적에게 들키지 않기 위해서죠."

이런 내 삶에도 유쾌한 일들이 가득하다는 사실

"그래, 요한이 말이 맞아. 이렇게 자식을 사랑하는 법을 가르쳐 주려고 노랑 할미새가 왔나 봐."

엄마의 이야기를 들으면서 새근새근 잠들었다. 새는 자연으로 날아갔다. 거침없이 날개를 펼치고. 발걸음을 쫓아다니던 노랑 할미새 부부도 떠났다. 그들이 떠난 자리는 무수히 많은 벌레가 화장실을 차지했다. 물청소해도 사라지지 않았다. 작은 벌레를 퇴치하기 위해 선반에 있던 물건을 장바구니 담아 밖에 두었다.

'바구니에 가득 찼던 물건들은 꼭 필요한 것이었을까?'

아니다. 노랑 할미새는 가족은 마지막까지 교훈을 주고 떠났다. 거실 창가에 앉아 글 쓰고 있으면 꽁지가 노란색 할미새가 인사를 하고 쪼르륵 날아간다.

나는 오늘도 자연 愛(애) 배운다.

등에를 만나다

소크라테스는 자신을 소에 붙은 등에라고 했다. 산길을 걷다 등에를 만났다. 음성은 고목처럼 울렸다.

"단 한 번뿐이고 단 한 번뿐인 생의 궁극적인 의미를 깨닫기를 바랍니다."

아이를 데리고 강의를 들으러 갔다. 책장이 둘러 있는 공간에서 강아지 같은 아이를 데리고 공부한다는 것은 쉽지 않았다.

"떠들지 말고, 조용히 있어."

수업에 집중하는 시간보다 뒤치다꺼리는 시간이 많았다. 바닥에 늘어놓은 책과 과자부스러기를 정리하며 생각했다.

'도대체 무엇을 배운다고 왔을까?'

가방을 챙기고 있을 때, 아이가 이런 말을 했다.

"엄마, 우리는 하느님의 유전자로 태어났나요?"

이런 내 삶에도 유쾌한 일들이 가득하다는 사실

떠들면서 강의를 듣고 있었다. 아이 때문에 집중을 못 했다는 평계를 접었다. 뒤로, 니체의 《차라투스트라는 이렇게 말했다》 독문학 강의를 들으러 갔다. 시작 전, 눈을 부릅뜨고 말했다.

"조용해!"

귀밝은 선생님이 아이를 불렀다.

"요한아, 엄마가 뭘 몰라서 저렇게 말하는 거니까, 네가 이해해라. 지금까지 네게 잘못했던 것도 엄마가 몰라서 그랬을 거야. 그것도 이해해라. 대신 엄마가 말하는 것의 반대로만 해라. 강의 시간에 떠들어도 좋고, 뛰어다녀도 된다. 네가 하고 싶은 대로 해라. 여기 그림이 있지. 낙타, 사자 다음에 무엇이니?"

"어린아이요."

"그래, 어린아이는 가장 위대한 존재란다. 그러니, 마음껏 뛰어놀아라."

아이는 2시간 강의를 떠들지 않고, 책을 봤다. 협박에도 꿈적하지 않은 아이가 조용히 있었다.

궁금해서 물어봤다.

"오늘 왜 안 떠들었어?"

"충격적이었어요."

흔히 어른들은 착한 아이가 되라고 말한다. 아이는 반대로 하

라고 했을 때 큰 충격을 받았다. 강의가 끝나고 선생님께서 점심
식사에 초대해주셨다. 언덕 위에 있는 스파게티집이었다. 실내는
흰색 테이블이 5개가 있었다. 앉을 자리가 없었다.

'다른 곳을 갈까?'

했을 때, 야외 테이블이 보였다. 초여름, 태양 빛으로 데워진
의자에 앉았다. 주방이 분주해 메뉴를 종이에 적었다. 안나는 오
빠와 같은 스파게티를 주문했다. 가게 들어가 주문할 때, 쉐프
가 말했다.

"어린아이는 비프크림보다 부드러운 버섯 크림이 더 좋을 것
같아요."

"그럼, 그걸로 해주세요."

안나의 메뉴만 바뀌었다. 산들바람이 불어왔다. 야외 피로연
같았다. 주문했던 스파게티가 나오고, 잔디 위에 음악이 아닌, 울
음 섞인 투정이 깔리게 되었다. 이유는 비프 스파게티가 아닌, 버
섯 크림 스파게티가 나왔기 때문이다. 뒤늦게 설명을 했지만, 한
젓가락도 뜨지 않았다. 선생님 사모님은 다시 스파게티를 주문
했다. 아이는 먹지 않았다. 선생님은 손뼉을 쳤다.

"오늘의 파티 주인공은 바로 안나다. 한마디로 여우 주연상
감이다!"

이런 내 삶에도 유쾌한 일들이 가득하다는 사실

아이의 표정은 찌그러진 깡통이었다. 거기에 더해 요한이는 의자 뒤에 있는 대추나무에 기어 올라갔다. 남편은 내려오라고 했지만, 더 높이 올라갔다. 선생님은 또다시 손뼉을 쳤다.

"요한아, 아빠 말 듣지 말고, 네가 하고 싶은 대로 해라. You shall 아니라 I wall이다!"

강의를 듣다가 신에 대해 거꾸로 말하는 선생님과 충돌했다.

'선생님 안녕히 계세요.'

문자를 남기고 가지 않았다. 아이가 물었다.

"엄마, 왜 강의 들으러 안 가요?"

"생각을 정리할 시간이 필요해서."

"그래도 가야 한다고 생각해요."

"왜?"

"선생님, 강의를 듣고 싶어요."

남편이 통통하게 살찐 살구를 따왔다. 양귀비 얼굴색보다 더 고운 살구였다.

"여보, 주려고 사다리 타고 올라가 따온 거야. 이런 거 먹어야 건강해져. 어서 먹어봐." 살구를 먹지 않고, 선생님을 찾아갔다.

"선생님, 살구 드세요."

"아이고, 이런 걸 어디에서 따오셨데요? 훔쳐왔어요?"

"선생님, 어떻게 아셨어요? 저 도둑질 잘하는 거요?"

"선생님도 참, 언제나 삐딱하게 받아들여요."

"선생님께 배워서 그렇죠."

선생님 강의는 불편하다. 기존의 패러다임을 뒤집기 때문이다. 생각하지 않고 들을 수 없다. 강의는 생텍쥐페리의 《어린 왕자》로 시작했다. 니체의 《차라투스트라는 이렇게 말했다》가 끝나면, 빅터 프랭클의 《의미에 대한 인간의 탐구》와 마르셀 프루스트의 《잃어버린 시간을 찾아서》를 강의한다고 하셨다. 선생님께 무례함을 죄송하다고 말씀드렸다. 선생님은 눈썹을 움직이며 말했다.

"저는 무례한 사람을 좋아해요. 그것이 바로 인간의 권리 자기 결정권을 말하는 거예요."

하얀 서리가 내려앉은 선생님은 건강이 좋지 않다. 다만, 인생의 궁극적인 의미를 말해주고 싶었다고 했다.

"아이와 또는 손녀 손주들과 만나, 고전문학을 영어원서를 읽으면서 의미 있는 시간을 보내세요. 이게 제가 강의를 하는 이유입니다."

선생님의 오프라인 강의가 끝나면 유튜브로 올린다. 선생님께 질문했다.

"어떤 아버지가 되고 싶으세요?"

"등에 같은 아버지요."

"등에요? 등에한테 물리면 얼마나 아픈데요."

"그래요. 저는 감싸고 퍼주는 아버지가 아닌, 찌르고, 아프게 하는 등에로 기억되고 싶어요."

김밥을 싸서 문을 두드렸다.

"선생님, 진짜 맛없는 김밥이라고 욕하면서 드셔도 돼요."

"또 삐딱하게 말하네요."

"선생님이 삐딱하니, 저도 삐딱하죠."

오늘도 등에는 말한다.

"틀에 갇히지 말고, 새로운 세계에 눈을 뜨세요. 아이가 싫어하면, 왜 엄마 말 안 들어! 협박하지 마세요. 위대한 부모는 아이에게 긍지를 갖게 하는 거예요. 인격을 존중하세요. 존중받은 아이는 타인에게 상처를 주지 않아요. 존재 가치의 소중함을 알기 때문이죠. 반면 상처받고 자란 아이는 상처를 주는 사람이 돼요. 명심하세요. 특히 뒤에 앉아 비틀면서 듣고 있는 분이요!"

정곡을 찌른다.

생각하지 않고 살던 삶을 생각하며 살 수 있게…

5장

살아갈

만합니다

갓난아기의 수술과
암 선고가 준 선물

바람결에 숲이 흔들린다. 움직임을 들여다본다. 모두 다르다. 사람도 숲을 이루는 나무처럼 같지 않다.

첫아기를 낳고 나무뿌리까지 흔들렸다. 수술날짜에 동그라미를 쳐놓고 눈물로 밥을 말아 먹었다. 2.6kg으로 태어난 아기가 세 턱이 돌 때까지 수유했다. 엄마들이 말했다.

"아기가 밤낮이 바뀌어서 힘들어요."

그들의 불만이 부러웠다.

혈관을 못 찾아 몇 번이나 주삿바늘을 꼽았다. 수술실에서 나오면 마취약 냄새가 아지랑이처럼 피어올랐다. 병원 냄새가 아닌, 아기 냄새를 찾고 싶었다. 한여름, 손등에 링거를 꽂고 앉아 있는 아기를 바라봤다. 병원 냄새 말고, 아기 냄새를 맡고 싶어

살아갈 만합니다

코를 끙끙거렸다. 발가락 사이사이에서 땀 냄새가 났다. 아기의 발 냄새였다. 발바닥에 얼굴을 묻고 울었다.

둘째를 낳고 수술대에 누워 아이를 생각했다. 아픔을 버틸 용기가 생겼다. 몸은 종합병원이었다. 교통사고로 허리를 다쳐 기어 다녔다. 설상가상으로 산부인과검사 후 출혈이 멈추지 않았다. 마취 없이 생살을 꿰맸다. 한 달이 넘도록 출혈은 멈추지 않았다. 병원에서 생각했던 것은 하나였다.

'아기는 이보다 더한 것을 견뎌냈다.'

중학교 때, 담임선생님이 허벅지가 보랏빛으로 변할 때까지 때렸다. 상처가 깊은 아이는 몽둥이질도 아프지 않았다. 아기의 아픔을 지켜본 엄마는 아프지 않았다. 망치로 때려 부순다 해도 아픔을 느끼지 못했을 것이다.

시간이 흘러 아이는 한 품으로 안지 못할 만큼 자랐다. 성장하는 동안 제대로 안아주지 못한 날이 많았다. 아이의 얼굴을 봤다. 병원 침대에 환자복을 입고 앉아 있는 아기의 미소였다. 아이를 품에 안았다. 거대한 빙산이 녹아내렸다.

맨발로 뛰어놀던 아이가 엄마를 부르며 뛰어 들어온다. 발에 묻은 흙을 떨어주며 입맞춤한다. 입술에 닿는 감촉이 햇감자를 삶은 것처럼 포근포근하다. 포대기 속 아기는 컸지만, 발 냄새는 그대로다. 자기 전에 발을 만져준다. 발가락을 꼼지락꼼지락 움직이면 번득이는 이빨로 발을 문다. 아이는 울지 않고 웃으며 말한다.

"엄마, 이제 물어도 안 아파요. 시원해요."

다시 발을 만져주면 아이는 조개를 든 비버처럼 손을 모으고 잠든다. 어둠 속에서 빛난다. 이마를 쓸어올리며 지난날들을 떠올린다. 눈물겹던 시간이다. 어느새 엄마는 비바람을 저항하며 나는 새가 되었다. 새는 더 높이 나는 법을 알게 된다. 바람골에 집을 지었다. 붉은 벽돌집은 바람을 많이 탄다. 태풍으로 창이 흔들린다. 문을 닫지 않고, 활짝 연다. 입고 있던 옷도 벗는다. 집안의 먼지와 종이가 날아오른다. 유리 없는 액자가 바닥에 떨어진다. 무게가 없는 것은 바람에 움직인다.

'지금 나의 무게는 얼마일까?'

자고 일어난 아이가 헐벗은 가슴에 얼굴을 비빈다.

"엄마, 냄새 좋다."

"엄마, 냄새가 그렇게 좋아?"

"네, 그리고 또 있어요."

"뭔데?"

"엄마, 찌찌요."

"아직도 찌찌 맛이 생각나?"

"그럼요."

'혀끝으로 기억하는 엄마의 찌찌 맛은 어떤 것일까?'

빈약한 가슴이 차올랐다. 아기는 울음을 삼키면서 젖을 먹었다. 여러 명의 의사가 몰려와도 젖을 먹였다. 젖을 떼고 가슴은 말라붙었다. 암 환자 엄마는 아무것도 할 수 없다고 생각했다. 젖 가슴에 붙어 있는 냄새는 그대로 있었다. 주름이 깊게 파여도 아이는 엄마의 냄새를 기억할 것이다.

부둣가에 정박한 배는 물고기를 잡지 못한다. 거센 파도를 이겨낸 배에 물고기가 있다.

아이는 세상이란 바다에 자신의 배를 띄워 만선이 될 것이다.

혹시 지금
힘들다면

자연의 삶은 겨울이 지나고 봄이 움트는 시간이었다. 허물을 벗었다.

쏟아지는 광고처럼 승강기만 타고 내려가면 상점이 늘어져 있었다. 사달라고 떼쓰는 것은 아이만 아니다. 어른들의 시선은 자동차와 신도시 아파트에 있었다. 가진 자와 못 가진 자를 피부색처럼 구분했다. 아이도 시선을 닮아간다. 둘째를 낳고, 밤낮으로 잠을 이루지 못했다. 생명의 탄생보다 이기심에 몰두했다. 잠들지 못한 새벽, 머릿니처럼 알을 깠다.

'이렇게 고통스러워하는 것을 그들도 알까?'

주먹만 한 쇳덩어리를 발목에 찬 죄수처럼 벽에 기대어 생각했다.

살아갈 만합니다

'잠깐 잠이 들었을까?'

눈을 떴을 때 귀에서 자동차 경적이 났다.

'이 새벽의 누구일까?'

남편을 깨웠다.

"여보, 자동차 경적 때문에 잠을 못 자겠어. 경비실에 인터폰 해봐."

남편은 불을 켜고 손바닥으로 얼굴을 감싸며 두 눈을 살폈다.

"여보, 아무 소리도 안 나."

오직 내 귀에서만 들리는 소리였다.

놔버리면 되는 것을. 수많은 생각을 가뒀다. 자신의 삶을 살지 못하고 병들어갔다. 그것은 가진 것을 빼앗겼다는 분노에서 시작되었다.

'모든 것은 마음으로부터 나온다는데. 왜 그럴까? 내 마음이 잘못된 것인가? 아니다, 그들이 잘못했기 때문에 내가 이렇게 괴로운 것이다.'

까만 붕대로 눈을 가리고 내 탓과 네 탓을 구분하려 했다. 뭉친 실타래를 풀지 않고, 거미줄에 잡힌 먹잇감처럼 자신을 꽁꽁 묶었다. 살기 위해서는 자신을 사랑해야 한다. 살얼음을 뚫고 피어난 붉은 꽃 한 송이처럼 소중하게 여겨야 한다. 그래야 세상을 사랑할 수 있다. 눈을 뜨고 알 수 없었던 것이 자연의 소리에 깨어났다. 그림처럼 파란 하늘에 하얀 흰 구름이 소리 없이 지나간다. 어린 시절 옷깃에 이슬을 맞으며 걸었던 하늘이다. 아기 볼에 입맞춤하는 것처럼 자연을 느낀다.

'바람이 불면 바람이 부는 대로.'

비가 오면 빗소리를 듣는다. 봄이 되면 논에서 개구리 합창대회가 열린다. 개구리 울음소리가 사라지면 풀벌레 소리가 귓가에 들려온다. 소리를 듣고 아이가 말했다.

"귀뚜라미 음악회예요."

겨울은 고요하다. 고요함 속에 산의 울림은 깊어진다. 앙상한 바람에 흔들리며 산이 움직인다. 장엄한 교향악이다. 한 계절을 보내고 다시 찾아온 여름, 잊고 지냈던 삐 소리가 났다. 옆에 있던 남편이 말했다.

"거참 새벽부터 매미 소리 시끄럽네."

이명이 아닌, 남편의 귀에도 아이들도 들을 수 있는 매미 소리였다. 병은 인간이 만들어낸 감옥의 맛을 알게 해주었다. 청력이 좋은 편이 아니다. 처음 보는 사람과 말할 때 잘 알아들을 수 없다.

'음성이 귀에 익어야 말을 들을 수 있기 때문일까?'

　　　　　　　　　　　　살아갈 만합니다

그럴 때면 되묻는다.

"죄송해요. 잘 안 들려서요."

한번은 거울 앞에서 서서 머리를 귀 뒤로 넘기고 관찰했다. 크지도 작지도 않은 귀다. 잘 들리지 않아도, 어지럼증이 생겨도 괜찮다. 몸에 붙어 있는 어느 곳 하나도 소중하지 않은 곳이 없다. 머리부터 발끝까지 사랑한다.

'아픈 구석까지도.'

오른손 집게손가락 꿰맨 자국이 반지보다 더 빨리 눈에 들어온다.

'그때, 우산을 집어 들지 않았다면 다치지 않았을 텐데.'

과거는 물고기를 담은 봉지처럼 움켜잡는 것이 아니다. 삶은 손잡이가 없다. 강물처럼 흘러가는 것이다. 현재의 시간도 흘러간다. 흐르는 시간을 붙잡는 것이 아닌, 현재를 의미 있게 살아가는 것이다.

'과거의 봇짐을 짊어지고 현재를 제대로 걸어갈 수 있을까?'

아이의 하원 차량을 향해 걷는 것도 힘들었다. 신호등 앞에 전동의자에 앉아 있는 할아버지가 부러웠다. 스스로 걷기보다 의존하려 했다. 고개를 숙인 채 구걸했다. 누군가 손바닥에 동전을 두고 가면 분노가 타올랐다. 자존감이 바닥일 때, 어떤 것도 도움이 되지 않았다. 설령, 돈뭉치를 갖다 줘도 똥주머니 취급했다. 타인의 아닌, 스스로 채워야 한다.

누군가로부터 어머니 이야기를 들었다.

"아버지에게 혼나 부엌으로 달려가면 찬장 속에 숨겨 놓은 누룽지를 꺼내 어머니가 입에 넣어 줬어요."

순간, 눈물이 눈꺼풀까지 차올랐다. 어머니라는 단어를 듣고 나를 낳아 주신 어머니가 아닌, 두 아이의 어머니, 바로 자신을 생각했다. 병든 엄마가 두 아이를 품에 안고 울었다.

'어떻게 하면 제대로 키울 수 있을까?'

육체는 천근만근 같고, 실수는 반복됐다. 하지만 두 아이의 엄마로 제대로 살아가고 싶었다. 그것이 마지막 잎새를 바라보는 여인의 소원이었다.

이제 과거가 아닌, 현재 어머니로 살아간다. 노란 통학버스 차에 오른 아이를 향해 손 인사를 한다. 차가 눈동자에서 사라질 때까지 손을 흔든다. 덩달아 엉덩이도 트위스트 춤을 춘다. 집으로 들어와 물 한 잔 마시고 산을 걷는다. 계곡물이 흐른다. 나무 사이로 꽁지를 흔드는 새가 날아간다. 새는 다시 물가로 내려와 작은 주둥이로 물 한 모금을 마시며 고개를 돌린다. 함께 날아가던 새가 주변을 맴돈다.

'짝을 기다리는 것일까?'

엄지손톱보다 작게 물을 마신 새는 다시 날갯짓한다. 둘은 허공에 물결을 그리며 위아래로 날아간다.

'새는 과거를 움켜쥐며 살까? 새처럼 자유롭게 살아 볼까? 움켜쥐려고 싸우는 것이 아닌, 주어진 것에 감사하며 살아가는 것. 그렇게 살아 볼까?'

산책하고 돌아와 복숭아를 씻어 나무식탁에 앉아 한입 베물었다. 이빨 자국이 빗겨 난 자리에 벌레가 나를 보고 있다.

'너나 나나 반씩 나눠 먹자.'

파란 하늘에 구름이 흘러간다. 숲은 물결을 이루며 조용히 제 몸을 흔든다. 자연에 스며든다. 육체의 무거움과 분노를 끌어안고 살고자 발버둥 쳤다. 수면 위로 올라왔을 때, 미련 없이 집어던졌다. 온전히 나로 살기 시작했다. 삶은 다시 시작됐다. 나로 살아간다. 남편은 동반자고, 아이는 보석 같은 존재다.

'고난은 존재의 의미를 알게 하는 것이 아닐까?'

감사하며
살아갑니다

학교에서 모둠살이를 한다. 3~4명으로 조가 구성되면, 조원은 친구 집에서 하루를 보낸다. 7월 한 친구 생일에 모듬살이를 했다. 어머니는 3명의 아이를 데리고 영화관에서 영화를 보고 저녁을 함께 먹었다. 집으로 오기 전 인형 뽑기를 한 모양이다. 3cm 물개 인형이 있었다. 지금까지 없었던 애착 인형이 되었다. 학교도 같이 가고, 바깥 놀이를 할 때도 함께했다. 목욕탕에서 함께 씻고, 잘 때도 같이 잤다. 아침에 일어나자마자 제일 먼저 찾았다. 오케스트라를 가기 위해 학교에 갔다. 아이는 엄마를 보자마자 눈물을 뚝뚝 흘렸다.

"엄마, 물개 눈 하나가 없어졌어요."

정말 한쪽 눈이 없어졌다. 대신, 검은색 사인펜으로 색칠을 해

놓았다.

'사인펜으로 눈을 색칠하며 얼마나 울었을까?'

짐작이 갔다. 어린 시절 산타할아버지한테 받은 안경 쓴 곰돌이 인형을 무척이나 좋아했다. 식당 뒤 아버지가 만든 판잣집에 4명이 누워 잤다. 그 틈에 곰돌이를 품고 잤다. 할머니가 오시면 손뼉을 치고 좋아했다. 다만, 잘 때 곰돌이를 품에 안고 자지 못했다. 좁은 틈을 줄여야 했기 때문이다. 곰돌이를 품에 안지 못했을 때, 아이와 같은 눈물을 흘렸다. 엄마도 같이 울었다.

"요한아, 어떻게 하면 좋겠어?"

"엄마, 같은 인형 사주세요."

인터넷으로 검색을 해도 같은 인형은 없었다.

"요한아, 아무리 찾아봐도 똑같은 것은 없고 비슷한 인형은 있어."

"그럼, 아빠랑 주말에 가서 물개 인형 뽑으러 가요."

"그래, 그렇게 하자."

주말, 미술관에 들러 행복을 그리는 화가 에바 알머슨 작품을 감상하고 영화관을 가기로 했다. 미술관에 갔다. 작품을 보는 내내 화가의 따뜻한 마음이 느껴졌다. 마지막에 있는 해녀 작품을 보면서 바다의 짠맛이 볼을 타고 내려왔다. 남편이 말했다.

"아이고, 또 우시는 거예요?"

사람들의 발걸음이 오가도 눈물은 멈추지 않았다.

《엄마는 해녀입니다》마지막 글이 전신을 흔들었다.

'오늘 하루도 욕심내지 말고 딱 너의 숨만큼만 있다 오거라.'

나를 향해 말하는 것 같았다. 삼대 해녀 이야기를 동화로 만들었다. 글은 오희영 작가가 쓰고, 그림을 에바 알머슨이 그렸다. 스페인 화가는 우연히 신문에 실린 해녀의 모습을 보고 제주 해녀의 프로젝트에 참여했다. 작품을 감상하고 난 뒤에도 여운은 치맛자락에 붙어 있었다. 남편이 말했다.

"여보, 알머슨 그림이 그려진 가방 하나 사줄까? 골라봐."

눈은 가방이나, 옷이 아닌 전시용 도록에 머물렀다. 예전 같으면 단념했을 가격인데 손에서 놓지 않고 있었다. 남편이 아내의 눈빛을 읽고 계산대에 도록을 올려놓았다. 옆에 있는《엄마는 해녀입니다》한글 영어 세트 책을 보고 말했다.

"이것도 사줄까?"

촉촉한 미소를 지으며 고개를 끄덕였다.

"이것도 계산해 주세요."

책을 샀다. 몸에 붙는 장신구는 필요하지 않다. 한 사람의 영혼이 담긴, 그림과 글이 중요하다. 눈에 보이지 않지만, 마음을 빛나는 것을 알기 때문이다.

손에 들려 있는 책 봉지가 빛난다. 남편은 구멍 난 양말을 신고 신발 밑창이 떨어져 물이 샌다. 신발 하나 사라고 말하면 이렇게 말한다.

"물만 안 밟으면 돼."

그에게 구멍이란 중요하지 않다. 상대가 아프지 않은 것이 중요하다. 만약 아픔이 있다면 약을 발라준다.

차에 올라탄 아이는 점심도 마다하고 빨리 인형을 뽑으러 가자고 했다.

'인형 뽑기를 하러 영화관에 가다니?'

영화관에 도착한 아이는 눈이 풍선처럼 부풀어졌다. 동전을 넣고, 갖고 싶은 인형을 향해 기어를 움직였다. 하지만, 인형은 미끄러졌다. 안나도 도전했다. 손잡이는 참기름을 바른 것처럼 미끄러졌다. 다음 남편 차례였다. 하얀색 물개를 향해 손잡이가 내려갔다. 올라왔을 때 딱풀을 바른 것처럼 달라붙었다. 한 개가 아닌, 두 개였다. 모습을 지켜보던 엄마는 물개박수를 쳤다. 물개인형을 손바닥에 올려놓고 해바라기처럼 웃었다. 그때, 배고픔을 알리는 배꼽시계가 울렸다. 쌀국수집에 들어가 앉았다. 아이는 처음 먹는 쌀국수를 쉬지 않고 먹었다. 마지막 국물까지 떨어내고 일어났다.

'행복이란 무엇일까?'

집으로 오는 차 안에서 생각했다. 지독히 아끼면서 살았다. 심지어 임신했을 때도 무료검진하는 병원을 찾아다녔다.

'무엇에 쫓기며 살았던가?'

물질적 가치를 앞세우고 자신은 뒤에 있었다.

'지금의 삶은 어떠한가?'

가족과 미술 전시회를 가고, 책을 사고, 아이들과 3,000원의 기쁨을 나누고, 쌀국수 한 그릇에 배부름을 느꼈다.

'이것을 황금관과 바꿀 수 있을까?'

모든 순간이 꽃봉오리가 되었다. 지나온 삶까지도.

집으로 돌아온 뒤 아이는 작품을 만들기 시작했다. 스케치북과 가위, 크레파스와 색연필이 거실에 발 디딜 틈 없이 없었다. 2시간 후 작품이 완성되었다. 요한이는 그림을 그릴 때 자신감이 넘친다. 다만, 동생 손이 닿는 것을 싫어한다. 이번 작품은 둘이 함께 그렸다. 요한이가 스케치하고, 안나와 함께 색칠했다.

다음으로 집의 설계도를 펼쳐 놓고, 입체 조감도를 만들었다. 물개 형제를 위한 거실이 있는 3층 집이었다. 눈알이 빠져 검은색 사인펜으로 그려 넣은 물개는 형이 되었다. 형은 3층에 올려

두고, 그 뒤로 동생이 2층과 1층에 놓여 있었다. 인형은 거실에서 함께 책을 보다 잠을 잘 때는 방으로 들어간다. 완성된 집에 동생과 그린 그림을 붙였다. 제목이 행복한 성이다. 그림의 색채는 전시회에서 봤던 알머슨 작품 〈활짝 핀 꽃〉에서 영감을 받았다고 했다. 안나는 행복의 성을 공격하지 않는다. 함께 그리고 만들었기 때문이다. 또한 세 마리 물개 인형의 친구이기 때문이다.

'어디를 가나 동생을 먼저 챙기는 요한이, 오빠가 울면 같이 우는 안나.'

감사할 이유가 세상에는 너무나 많다.

모두 다 꽃이야

꽃의 의미를 생각해본다.

'길가에 꽃은 어떻게 피었을까?'

자연에 제 몸을 맡기고 피었을 것이다.

'인간의 꽃은?'

통지표를 받고 쓸모없이 버려지는 우산처럼 생각했다. 초등학교 버스를 타고 63빌딩에 견학 갔다. 1층에서 승강기를 타고 올라갔다. 사람들의 머리가 모나미 볼펜 똥처럼 작아졌다. 전망대에 올랐을 때 창문 밖으로 움직이는 세상을 봤다.

'강물은 흐르고 차들은 어디로 갈까?'

자동차를 움직이는 것은 인간이지만, 강물을 움직이는 것은 자연이었다. 어린 눈에 사람은 자연 위에 움직이는 인형이었다. 선생님의 지도로 줄을 서서 조명이 어두운 공간으로 들어갔다.

살아갈 만합니다

뒤통수가 튀어나온 TV를 수십 개 합친 것보다 큰 브라운관 앞에 앉아 영상을 봤다. 수많은 정자가 난자를 뚫고 들어가 수정되는 과정이었다.

'저렇게 많은 정자를 뚫고 태어났다고? 내가? 저렇게 태어난 존재라고? 그런데 나는 지금 어떻게 살지? 자신의 소중함은 1원어치도 생각하지 않았는데, 어떻게 살아야 하지?'

판잣집 A4용지만 한 창에 얼굴을 내밀고 생각했다.

'나는 어디에서 와서 어디로 갈까?'

세상에 많은 사람이 존재했다. 그중 모래알처럼 작은 존재였다. 운동장을 가득 메운 아이 중에 교단에 서서 상장 한 번 받아보지 못했다. 학급 반장 한번 하지 않았다. 부모님은 식당에서 밤낮을 싸우며 일했다. 아버지는 새벽의 어둠을 뚫고 장을 봐왔다. 어머니는 수챗구멍에서 손을 빼지 못했다. 하루하루가 반복이었다.

'해가 뜨고, 지는 것을 바라보며 생이 끝나버리면?'

생각없이 사는 시간은 강물처럼 흐르다 고통 속에 피어났다. 아버지와 어머니가 싸울 때, 껌껌한 이불 속에서 어떻게 살아야 할지 생각했다. 사춘기 시절 아우토반을 질주할 때, 십자가를 보며 생각했다. 육체와 정신이 장맛비에 무너졌을 때, 한 송이 국화꽃은 피어났다. 태초의 생명 시작, 난자 속을 뚫고 들어가는 정자처럼 투쟁했다. 바윗돌에 우뚝 선 의지의 인간이 되었다. 곰보빵처럼 울퉁불퉁한 삶의 조각이 혀끝에서 달콤하게 느껴졌다. 고통을 이해한다는 것은 자신을 아는 것이다. 생은 조각조각으로 이어 붙인 퀼트 작품이다.

삶은 세상의 잣대로 평가되는 것이 아니다. 브라운관 속의 인물이 아닌, 하루를 살아도 나로 살아가는 것이다. 안개 속 방황하던 시간이 바윗돌에 앉아 능선을 바라봤을 때 이슬처럼 투명했다. 과거는 현재를 살아가는 법을 가르쳐줬다. 나는 현재에 서 있다. 미래는 보이지 않는다. 다만, 미래는 오늘에 있다. 고무신을 신고 산을 오른다. 숨을 돌리기 위해 사찰에 잠시 궁둥이를 붙이고 쉰다. 눈앞에 하얀 꽃잎 속에 노른자를 품은 달걀 꽃이 가득 피어있다. 장마가 지나고 줄기는 더 억세 졌다. 목탁 소리 한 번 울리지 않은 절에 등을 굽힌 스님이 합장하며 나오셨다. 승복 색깔처럼 머리도 회색빛이 감돌았다. 머리카락을 깎지 않았다면 수양버들꽃처럼 늘어졌을 것이다. 스님께 물었다.

"스님, 왜 잡초를 그냥 두세요?"

"꽃을 보세요. 한 송이 한 송이 꽃이 얼마나 예쁜가요? 문을 열고 정원을 바라보면 마치 눈이 내린 것처럼 보여요. 어떤 사람은 게으르다고 볼 수 있지만, 저는 망초꽃을 보는 계절을 참 좋아해요. 그래서 일부러 뽑거나 자르지 않아요. 이런 절 처음 보죠?"

집에서 목장갑을 끼고 다 뽑아 버리는 잡초였다. 스님 눈에는 여름에 피는 눈꽃이었다. 그 옆에 말라 비뚤어진 고목이 있었다.

"죽은 나무인지 알았는데 이것 보세요. 이것도 생명이라고 싹이 났어요."

생명이 없어 보이는 나무 틈에 아기 눈곱만한 연녹색 잎이 있었다. 먼지보다 가벼운 숨결이 느껴졌다. 뽑아 버리고, 내동댕이칠 만한 것에도 숨이 붙어 있었다. 나도 한때, 고목처럼 숨을 쉬었다. 살아있는 것은 의미가 있다.

이불 위에서 아이가 콧노래를 부르기 시작했다.

"산에 피어도 꽃이고, 들에 피어도 꽃이고 모두 다 꽃이야."

노래를 듣는데 왜 눈물이 났을까? 불을 끄고도 한참 동안 귓가에서 맴돌았다.

맞다. 노래 가사처럼 모두 다 꽃이다. 세상에 미워할 이유도 원망할 이유도 없다. 거짓말처럼 그 순간만큼은 정말 그랬다.

자연에 와서 감정에 충실했다. 때론 분노했다. 생각을 말할 때 용기가 필요했다. 전처럼 이불을 뒤집어쓰고 참지 않았다. 세상은 참는 것이 이긴다고 했다. 아니다. 나는 세찬 비바람을 흔들고 깨어난 한 송이 꽃이다. 정당함을 말하는 순간, 땅속 뿌리까지 흔들렸다. 다시 분노의 대상과 마주쳤을 때, 그는 푸른 녹음 속을 거닐고 있었다. 속으로 말했다.

'당신도 꽃이었군요.'

분노는 활활 타오르는 불꽃이 아닌, 바람결에 흔들리는 푸른 초원이 되었다. 꽃은 겉치레가 필요가 없다. 제 몸에 충실하다. 땅속 깊이 뿌리를 내리고 몸을 키워낸다. 거기에는 저항과 분노가 있다. 받아들이고 이해하는 과정에서 꽃이 피고 열매를 맺는다.

'살아가는 과정도 이와 같지 않을까?'

모두가 꽃이라고 생각했을 때였다. 초보운전 딱지를 붙인 차를 타고 언덕을 올라갔다. 10년 된 소형차는 힘에 부친다. 에어컨도 켜지 않고 올라가며 말한다.

"힘내라. 힘!"

그때 뒤에 있던 하얀 SUV 차량이 중앙선을 넘어 추월했다. 차는 하얀 안개를 뿌리고 지나갔다. 물방구였다. 자동차 궁둥이를 보고 생각했다.

'저 차의 운전자는 어떤 꽃일까? 안개꽃일까?'

차는 곡예 하듯 앞차를 가로질러 S자를 그리며 춤추듯 지나갔다. 순간 공학도가 되어 차를 설계했다.

살아갈 만합니다

'클랙슨에 꽃을 뿌리는 기능이 있다면 얼마나 좋을까?'

소음이 아닌, 상대방에게 형형색색의 꽃과 향기를 뿌려 주는 것이다. 도로 위가 꽃밭이 되는 것을 상상하며 액셀을 눌러 발 밟았다. 다시 노래가 울려 퍼졌다.

"모두 다 꽃이야."

이 글을 읽고 있는 당신도 꽃이다.

엄마의 사랑 노래

"엄마가 섬 그늘에 굴 따러 가면."

아버지는 열이 나면 머리에 이마에 물수건을 얹어주었다. 빨간 담요를 목까지 덮어주고, 오르락내리락하는 배를 토닥이며 노래를 불렀다. 이마는 불덩이였지만, 아버지가 지켜 준다는 믿음으로 잠들었다. 아이가 태어나 열이 났을 때, 분홍 담요를 토닥이며 같은 노래를 불렀다. 좀처럼 울지 않는 아기가 울었다. 노래를 멈추자 울음도 멈췄다. 신기해서 다시 노래를 불렀다. 아기는 다시 훌쩍훌쩍 울기 시작했다. 다른 노래는 울지 않았다. 오직 〈섬 집 아이〉를 부를 때만 울었다. 둘째도 자장가를 불러주면 울었다.

'아기가 가사를 알았던 것일까?'

아니다. 노래에 어린 시절 아버지 목소리가 담긴 것이다. 내가 아프면 울었던 아버지의 목소리가 붕어빵처럼 나온 것이다.

살아갈 만합니다

이사 오기 전 주말이었다. 남편과 요한이는 낚싯대를 들고 물가로 떠났다. 침대 위에서 안나와 놀고 있었다. 잠깐 시선이 다른 곳에 머물렀을 때, 플라스틱 작은 공을 콧속에 집어넣었다.

"엄마, 코가 막혔어요."

얼굴이 백지장 같았다. 안나의 얼굴을 보는 순간, 머릿속에 종이 울렸다.

'엄마가 당황하면 안 된다.'

아이가 자신의 실수로 더 당황할 수 있다. 119에 전화를 하고, 아이에게 설명했다.

"안나야, 네 잘못이 아니야. 괜찮아. 괜찮으니까 우리 천천히 차 타러 가자."

아이는 울음을 침처럼 삼켰다. 승강기를 타고 내려왔을 때, 코에서 피가 폭포처럼 쏟아졌다. 붉은 피를 본 순간 하늘이 빙 돌았다.

'엄마는 무슨 일이 있어도 아이를 지켜야 해.'

119 사이렌이 아파트 공간에 울려 퍼졌다. 빨간 불빛, 주황색 구조원을 보고 아이의 눈이 더 커졌다. 손을 잡고 말했다.

"병원 가서 치료받으면 괜찮을 거야. 걱정하지 마. 엄마가 옆에서 지켜줄게."

응급실에 도착해서 검사하고 수면 마취를 했다. 할 수 있는 것은 아이의 손을 붙잡고 있는 것이었다. 담당 의사와 간호사가 응급으로 달려와 진료실에 불을 켜고 내시경을 했다. 병원에 도착한 요한이는 병원 바닥에 무릎을 꿇고 앉아 성호경을 긋고 기도했다. 콧속에 플라스틱 공이 없었다. 의사는 이물질이 빠지면서 출혈이 생긴 것 같다고 말했다. 그러나, 어디까지나 추측일 뿐이라고 했다. 더 정확한 검사를 할 수 있지만, 권하고 싶지 않다고 했다. 마취가 깨면 집으로 가기로 했다. 응급실로 이동할 때 두 손을 꼭 잡고 있었다.

'아무 일 없을 거야.'

안나를 안고 집으로 돌아와 이불에 뉘었다. 콧물을 훌쩍이며 말했다.

"엄마가 곁에 있어서 무섭지 않았어요. 엄마, 사랑해요."

수면 마취를 했지만 아이는 알고 있었다.

'엄마가 자신의 손을 꼭 잡고 있었다는 것을.'

아버지가 불러준 자장가를 들으며 다음날 일어났을 때, 열이 내렸다. 아버지 손처럼, 약손이 되었다. 아이는 강아지처럼 품에 안겨 잠들었다. 언제까지나 아이 곁에서 지켜 주고 싶은 모성애가 아지랑이처럼 피어올랐다. 그러나 3살 많은 요한이 찬물을 끼

살아갈 만합니다

없었다. 바이올린 학원 옆 놀이터를 보고 놀고 싶다고 했다. 잔디밭 푯말에 이렇게 쓰여 있었다.

'잔디밭에 들어가지 마세요.'

달리기를 잘한다는 것을 보여 주고 싶었던지 뛰어가다 줄에 걸려 넘어졌다. 손이 아닌, 가슴이 먼저 떨어졌다. 메리 셸리《프랑켄슈타인》처럼 얼굴이 시퍼렇게 질려 있었다. 순간, 시간이 멈추었다. 아무 소리도 들리지 않았다. 자리에 풀썩 앉아 아이를 품에 안았다. 엄마의 호흡도 멈췄다. 태초의 시간으로 돌아간 것처럼 말을 잃었다. 아이의 눈알이 밖으로 튀어나와 이렇게 말하는 것처럼 보였다.

'엄마, 살려 줘요.'

응애하고 태어난 순간처럼 자가 호흡을 해야 했다. 잃었던 언어가 끊어질 듯하게 튀어나왔다.

"숨 쉬어."

아이의 가슴을 쓸어내렸다.

'제발 숨 쉬길.'

머리까지 가득 찬 숨이 나오길 기도했다. 길고도 짧은 시간이 지나갔다. 빙하처럼 얼어버린 얼굴에 온기가 돌아왔다. 아이는 몇 번의 숨을 거칠게 내뱉더니 걷기 시작했다. 사람들의 시선을 피해 미끄럼틀 밑으로 들어가 다리에 얼굴을 묻었다. 놀이터에 있던 남자가 119에 상황을 전했다. 지켜보던 할머니가 말했다.

"애가 놀란 것 같으니 택시 타고 병원에 가요."

외상은 없었다. 안정제를 처방받고 나왔다. 잠든 아이의 머리를 쓸어 올리며 생각했다.

'혹시 내가 아이에게 사랑이 부족한 엄마일까?'

아이의 눈을 보며 말했다.

"요한아, 나쁜 엄마는 어떤 엄마일까?"

"자식에게 착한 엄마요. 왜냐하면, 아이가 스스로 할 수 없게 만들기 때문이에요. 가장 좋은 엄마는 자식을 강하게 키우는 엄마예요. 바로 엄마처럼 물어뜯는 엄마요."

착한 엄마 콤플렉스의 도덕적 유리가 깨졌다.

'엄마가 굴 따러 간 사이 성장한 것일까?'

외롭고 차가운 수술대가 떠올랐다. 잠든 아이의 얼굴을 들여다본다. 황순원《소나기》의 하얀 작은 조약돌이 생각난다. 9살 요한이는 자신의 노래를 부른다. 한번은 거실에서 책을 읽다가 이런 말을 했다.

"엄마, 시시한 천국보다 지옥을 탐험하는 게 더 재미있겠어요."

옆에서 앉아 듣던 친정어머니가 혀를 차며 엄한 말투로 말했다.

"어린애가 그런 말 하면 못써!"

하지만, 엄마는 머리를 뒤로 젖히며 손뼉을 쳤다.

"bravo!"

엄마의 오선은 뫼비우스 띠처럼 뒤집혀 춤을 춘다. 아이는 세상의 잣대에 맞추지 않고, 어린 왕자의 칼을 차고 걸어갈 것이다. 엄마 품을 좋아하는 안나도 오빠처럼 자랄 것이다. 엄마는 아이의 저항을 응원한다.

자신의 날개를 활짝 펴고 세상을 행해 날아가길 바란다.

리처드 바크《갈매기의 꿈》갈매기 조나단처럼⋯

나란 엄마는?

시커먼 구름이 하늘에 매달려 있어도 빨랫줄에 옷을 넌다. 빨래의 무게를 견디지 못하고 줄과 함께 옷이 바닥에 떨어진다. 잔디 풀이 옷에 묻는다. 털지도 않고, 다른 줄에 하나씩 걸어 놓는다.

'다 널지 못한 빨래를 어떻게 해야 할까?'

고민하고 있을 때, 검게 뭉친 비가 쏟아졌다. 순간, 세르반테스의 《돈키호테》가 떠올랐다. 풍차를 향해 돌진하는 돈키호테. 나란 엄마는 비가 올 것을 알면서도 빨래를 넌다. 빨래바구니를 집안에 넣고, 아이와 산책갔다. 빗줄기가 도로 위로 흘러내렸다. 아이는 신발로 찰랑찰랑 물 리듬을 만들었다. 빨랫감이 추가되었다. 밤새 세계여행을 한 이불까지 합하면 빨랫줄이 열 개라도 모자랄 판이다. 순간, 아이가 옷깃을 잡아당겼다. 시냇물이 흐르

살아갈 만합니다

는 숲을 사이로 얼굴을 내밀고 쳐다보고 있었다. 두 마리 새끼 고라니였다. 여섯 개의 눈알이 동시에 쳐다보자, 풀 사이로 고개를 묻고 쳐다봤다. 고라니를 방해하기 싫어 발걸음을 옮긴다. 산을 올라, 풍경소리를 듣고 내려왔다. 눈 맑은 고라니는 같은 자리에 있었다. 아이에게 말했다.

"왜 아직도 저기에 있을까?"

"엄마를 기다리고 있는 것 같아요."

"왜 엄마를 기다리고 있지?"

"다른 곳으로 가면 엄마를 찾을 수 없으니까요."

"아, 그럴 수도 있겠다."

걸으면서 많은 대화를 나눈다. 집에 거의 다 왔을 때, 아이가 질문했다.

"엄마, 엄마는 진정한 사랑을 고백한 적이 있으세요?"

순간, 당황했다.

'왜 이런 질문을 하는 것일까?'

고민하다 대답했다.

"아빠랑 결혼했잖아."

"제가 볼 때 엄마는 아직 진정한 사랑을 모르는 것 같아요. 진정한 사랑은 저 숲에 있는 나무처럼 자신을 온전히 불태우는 거예요. 그것이 진정한 사랑이에요. 엄마는 위대한 사랑의 진실을 좀 더 배워야 할 것 같아요."

푸른 숲을 이루고 있는 산에 붉은 갈색을 띠는 한 그루의 나무가 있다. 아이 눈에 가뭄을 견디지 못하고 죽은 나무가 아닌, 자신을 불태운 위대한 사랑이었다. 순간, 그동안 내가 알고 있었던 것은 무가 되었다. 고개 들 수 없을 정도로 부끄러웠다. 9살 아이의 생각을 따라 갈 수 없었다.

캐나다 로키산맥 한계선에 나무가 있다. 해발 3,000~3,500지점인 곳의 환경은 매우 척박하다. 눈보라가 심하며 강우량이 적다. 거친 환경 속에서 몸을 비틀면서 웅크린 나무는 마치 무릎을 꿇고 있는 모습과 같다. 꽃도 잎도 제대로 피우지 못한 나무는 초식동물조차 거들떠보지 않는다. 천대받은 나무의 속은 깊고 단단하다. 빈틈없는 나무는 깊이 있는 음악을 만드는 바이올린으로 탄생한다. 고통을 견뎌낸 나무는 사람의 마음을 흔든다. 아이는 엄마의 마음을 흔들었다.

창을 든 돈키호테처럼 살았다. 어디를 가도 엉뚱한 행동과 말로 웃음거리가 되었다. 아이를 데리고 자연에 뛰어든 행동을 이해하지 않았다. TV 없이 사는 것도 시대에 뒤처진다고 했다. 옷은 찢어져도 책은 사서 봤다. 그렇게 살았다.

아이가 7살 때 남편이 배를 타고 낚시를 갔다. 아이들과 바닷가에서 모래 놀이를 하고 있었다. 아이는 그것도 심심해졌던지, 바닷속으로 들어가 어망을 던지기 시작했다. 물은 허리까지 차올랐다. 아이의 행동은 멈추지 않았다. 옆에서 낚시하던 할아버지가 버려진 나무에 줄을 매달아 낚싯대를 만들어 주었다.

"애야, 이것으로 해 보렴."

아이는 뛸 듯이 기뻐하며 허리를 숙여 인사했다. 낚싯대를 받아든 아이는 바다에 들어가 낚싯대를 던졌다.

'바다에 신이 있었던 것일까?'

낚싯바늘에 망둥이가 달려 나왔다. 아이는 세상을 가진 듯 소리쳤다.

"망둑어다!"

낚시하는 남편이 물고기를 낚아도 좋아하지 않았다. 하지만 그 순간만큼은 박수가 절로 나왔다. 아이는 주변에 있는 사람들에게 망둑어 낚은 것을 보여 주었다. 신기하게도 아이가 던진 낚싯대에는 망둥이가 줄줄이 매달려 나왔다. 바구니에 물고기가 넘실넘실거렸다. 버려진 미끼통에 갯지렁이를 찾아 꿰고, 바늘에 걸린 망둥이를 빼내다 손가락에 상처가 났다. 아이는 아픔보다 손맛에 집중한다. 엄마가 하는 것은 한 가지다. 그만하라고 무식하게 소리지르는 일이다. 낚싯대를 만들어 준 할아버지가 다가왔다.

"애 엄마, 저것 봐. 아이 스스로 혼자 다 하잖아. 제 애는 뭘 해도 다 잘할 거야. 그러니까 소리 그만 질러."

소리지르기를 하는 일품이다. 논에서 개구리를 잡아먹던 백로가 고개를 들어 쳐다본다.

'아이고, 저 아줌마 목청소리 때문에 목에 걸릴 뻔했네, 꿀꺽.'

시골길이라 차가 많이 다니지 않지만, 도로에서 손잡이도 안 잡고 자전거를 탈 때면 머리끝이 쭈뼛쭈뼛하다.

'차라리 안 보는 게 낫겠다.'

일부러 안 볼 때도 있다. 자전거를 타고 오는 아이의 얼굴에 천진난만한 미소가 걸려 있다. 그런 날이면 영락없이 주민에게 연락이 온다.

'자전거 타는 게 위험해 보여요.'

애를 잡고 흔든다.

"자전거 위험하게 타지 말랬잖아?"

한결같이 무식하다.

'무식만 할까?'

할 줄 아는 게 없다. 요리도 못하고, 청소나 빨래도 젬병이다. 건강도 좋지 않다. 6개월마다 검사하는 결과가 좋지 않아, 다시

살아갈 만합니다

검사하자고 했다. 검사 결과를 받고 울보처럼 엉엉 울었다. 아이가 달려와 어깨를 토닥이며 눈물과 콧물을 닦아 주며 말한다.

"엄마, 괜찮아. 괜찮아. 괜찮아."

엄마가 아이를 키우는 것이 아닌, 아이가 엄마를 키운다. 나란 엄마는 우는 것도 실망시키지 않는다. 침까지 흘린다. 남편이 모습을 보더니 이렇게 말했다.

"동바가 따로 없네."

동바는 동네 바보의 약자이다. 틀린 말이 아니다. 남편과 아이를 무척 사랑하는 바보이기 때문이다. 나란 엄마는 이렇게 자연에서 살고 있다.

흐르는 강물처럼

장맛비가 내려 강물이 불었다. 남편은 우거진 강둑으로 차를 세웠다. 굵은 장맛비가 유리창을 때리고 있었다. 차에서 내린 남편의 걸음은 이렇게 말하는 것처럼 보였다.

'이런 빗방울쯤은 아무것도 아니야.'

트렁크에서 낚싯대를 꺼내 하얀 이를 드러내는 보 밑으로 내려갔다. 낚싯줄은 하늘 위로 솟구치더니 물 위로 떨어졌다. 아이는 위험하게 낚시하는 모습을 생중계로 봤다.

중학교 때 〈흐르는 강물처럼〉 영화 포스터를 좋아했다. 자연을 향해 낚싯대를 던지는 인간의 모습에서 자유를 느꼈다. 포스터처럼 살고 싶었다. 어쩌다 물고기를 좋아하는 남자를 만났다. 아이의 첫 꿈은 낚시꾼이다. 그러나 도서관에서 책을 보고 꿈이 바뀌었다.

살아갈 만합니다

"물고기를 해치는 사람이 아닌, 물고기를 지키는 사람이 될 래요."

아이의 꿈은 물고기 박사다. 컴퓨터 로그인 화면에 켜있는 화면을 보고 말했다.

"물개다. 물개."

"엄마, 물개가 아니라 저건 강치예요. 강치는 독도에서 살았는데 일본인들로 인해 마지막 강치는 사라졌어요."

검색창의 지식처럼 술술 나온다. 한번은 칼 세이건의《코스모스》책을 검색하고 있을 때, 아이가 말했다.

"엄마, 코스모스는 우주의 질서를 말해요."

마흔 살 이전 엄마는 코스모스가 꽃인 줄만 알았다. 아이는 우주의 영역까지 알고 있었다. 병원에서 수술횟수가 많은 아이를 보고 곁에 있던 보호자가 말했다.

"수술을 많이 하면 머리가 나빠진대요."

근거 없는 이야기도 아니지만, 확실한 것도 아니다.

고등학교, 사춘기 방황을 접고, 책을 폈을 때 생각했다.

'나는 머리가 나빠서, 더 많이 해야 한다.'

부모님은 대가리가 나쁘다고 서슴없이 말했다. 인정했다. 10번 볼 것을 100번 보겠다는 마음으로 공부했다.《백범일지》에서 김구 선생은 과거시험에서 고배를 마시고 《마의상서》를 공부했다고 했다. 자신의 얼굴을 거울 속에 들여다봤다. 좋은 관상이 아녔다.

'얼굴 잘난 게 몸 좋은 것만 못하고, 몸 좋은 게 마음 좋은 것만 못하다.'

말에 힘을 얻어 심상을 닦았다.

'아이는 책을 읽으며 심상을 닦는 것일까?'

자기 전에 한 권이라도 더 읽기 위해 눈을 부릅뜬다.

'처음부터 책을 잘 읽었을까?'

아니다. 머리 좋은 부모도 아니고, 유복한 환경에서 태어나지 않았다. 어린 나이 생사고락을 함께했다.

안나가 유치원에 갔다 와 이런 말을 했다.

"교회 안 다니면, 지옥 간대."

"안나야, 죽음 다음에 천국과 지옥은 없어. 살아있는 지금이 중요한 거야. I will 하면서 살아."

아이가 고개를 쳐들고 시골길을 걸어간다.

"엄마, 이렇게 걸으면 하늘을 걷는 기분이에요."

하늘을 쳐다보면 돌부리에 걸려 넘어질 수도 있다. 아이는 넘어지는 것을 두려워하지 않는다. 넘어지면 일어서는 법을 알기 때문이다. 여름 방학이 되고, 아이에게 물어봤다.

"방학 동안 특별히 하고 싶은 거 있어?"

"네, 있어요. 첫 번째, 낚시, 두 번째, 낚시, 세 번째도 낚시. 백 번, 천 번 낚시하고 싶어요."

아이는 집 앞 개울에 낚싯대를 담갔다. 살모사가 나오는 지역이라고 몇 번을 말해도 소용없다. 퇴근해서 돌아온 남편도 개울에 낚싯대를 드리우고 있다. 주말이면 아이스박스에 물만 챙겨 바다로 떠난다. 모래사장이 있는 해변이 아니다. 배가 드나드는 부둣가 구석진 자리다. 끼니는 편의점 컵라면으로 때운다. 이들의 낚시는 태풍의 비바람도 겁내지 않는다. 안전불감증이라고 악을 써도 소용없다. 엄마는 잔소리를 접고 카페에 앉아 책을 읽는다. 6살 안나는 낚시하는 아버지와 오빠 옆에서 물고기를 구경하고, 물장난을 친다. 서로에게 이렇게 해라. 저렇게 하라 말하지 않는다. 각자의 삶을 존중한다. 어느새 흐르는 강물처럼 살아가고 있었다.

글을 쓰기 전, 사는 게 한없이 서러웠다. 가만히 있어도 눈물이 났다. 대화하면 신세 한탄만 늘어놓았다. 책 한 권을 쓰고, 공책에 글을 썼다.

'삶, 깃털이 되다.'

어둠의 무게를 글로 풀었다. 그 후 모든 것이 달라졌을까? 아니다. 달이 차고, 이지러지듯 생사고락은 반복됐다. 달라진 것이 있다면, 살아온 날들이 서럽지 않다. 요한이를 대할 때, 자석의 같은 극으로 밀어냈다.

마음의 짐을 내려놓자, 있는 그대로 보고 안을 수 있었다. 아이가 망치를 들어 돌을 깨듯, 엄마는 글로 자신을 깼다. 매일 글을 쓰며 질문한다.

'나는 누구인가?'

자신을 들여다본다.

'왜 힘들었을까?'

바르고 착하게 살아야 한다는 정해진 틀에 맞춰 넣으려 했다.

조금이라도 궤도 이탈하면, 죄를 지어 벌 받는다고 생각했다. 지금의 나는 완벽한 아내도 아니고, 두 아이의 상냥한 엄마도 아니다. 그대로의 나다. 형태 없는 껍데기를 벗어 던지고 산속을 뛰어다닌다. 태양을 향해 손을 뻗고 소리를 지른다. 뛰다가 걷고, 걷다 넘어지면 다시 일어난다.

'완벽하지 않은 것이 가장 완벽한 것이 아닐까?'

세계는 다양하게 변화한다. 춤추는 세계는 경이롭다. 음악을 좋아하지 않지만, 즐겨 듣는 편이다. 한번은 피아니스트 조성진 연주를 보고 전율을 느꼈다. 피아노 칠 때, 자신의 세계로 깊이 들어가 있는 것 같았다.

'세계를 이해하기 위해 얼마나 깊이 들어갔을까?'

그는 초등학교 때 콩쿠르에서 2등을 하고, 다음 해에 1등을 했다. 그리고 이렇게 소감을 말했다.

'영원한 1등도 영원한 꼴찌도 없다고 배웠다. 겸손하게 피아노를 공부하겠다.'

한 권의 책을 쓰면서 봄철 논밭을 뒤집듯 글을 엎었다. 지금 나는 두 권의 책을 쓴 2년생 나무다. 또한, 두 살 된 아이처럼 옹알이한다. 자신의 전문가가 되기 위해 세계를 배워 갈 것이다. 아이에게 인생의 목적을 공부에 두라고 말하지 않는다. 다만, 자신을 여행하는 탐험가가 되라고 한다.

누구도 내가 될 수 없다. 나는 세상에 단 하나뿐인 나다. 오직 하나뿐인 생애를 나로 살아가야 의미가 있다. 산속에서 온 편지를 소개하며 글을 맺는다.

요한아, 엄마는 말이야. 그대로 "예" 하고 순종하는 것보다 "아니요"라고 자기 생각과 의지로 말하고 행동하는 아이로 자라길 바래. 또, 엄마의 의견을 그대로 하는 것보다 너의 의지로 한다면 엄마는 세상 어떤 사람이 대든다고 해도 네 편이야. 공부도 말이야. 엄마가 하라고 하면, "싫어요"라고 말하고, 네 생각과 의지로 결정해서 한다면 실컷 놀아도 네 편이야. 왠지 아니? 네가 스

마치는 글

스로 생각하고 의지를 결정하니까! 위대한 주인은 엄마가 될 수 없고, 바로 너 자신이란다.

– 등에로부터

PS : 아이와 진정한 우정을 나누길….